あそこの席

山田悠介

幻冬舎文庫

あそこの席

目次

呪いの席

1

部屋に時報が鳴り響いた。

そこは暗闇の中。

外は嵐で、窓の向こうの土もぐちゃぐちゃになっているだろう。

強い風が閉めきった部屋の窓をガタガタと揺るがす、不気味な夜だった。

カーテンの隙間《すきま》から射し込む外の明かりが写真の中の笑顔を照らした。

その暗闇の一室に土屋《つちや》裕樹《ひろき》はいた。母親に頼んで買ってもらったピアノの前に座り、彼は写真の笑顔をうつろな目でずっと眺めていた。一体どれくらいの間、そうしていただろうか。

彼は微動だにせず、その状態を保っていた。

そして、思い出していた。二人だけの時を。二人だけの曲を。

突然、外の風がやんだ。途端に辺りが静まり返る。同時に、彼は写真をピアノの上に置いて目を瞑《つむ》り、冷たい鍵盤の上に両手をふわりと乗せた。静かに息を吸い込み、ゆっくりと吐き出す。その動作をもう一度繰り返した。そして、静かに弾き始めた。ショパン作曲『別れの曲』を。

それは静謐《せいひつ》な曲だった。鍵盤の上で彼の指が繊細に、そして滑らかにダンスする。彼の体は自然と曲に合わせて揺れ始め、曲が進むにつれて、それは大きく滑らかなものになっていった。

目を瞑りながら弾く『別れの曲』は、美しい思い出を呼び起こした。二人でいた時間を思い起こせば思い起こすほど、ピアノの音は綺麗に響いた。彼はすっかり自分の世界に入り込み、『別れの曲』を演奏していた。

曲を弾き終え、静かに呼吸を繰り返す。そして両手を鍵盤の上に乗せたまま、ゆっくりと目を開き、再び写真の中の笑顔を見つめた。

外では強い風が吹き始めていた。

瀬戸加奈《せとかな》は、自室のベッドの上で眠れずにいた。時刻は午前零時を回り、日付は四月八日に変わっていた。朝になれば、高校三年生として始業式に向かう。普段なら何も考えずに眠れるのだが、今年は事情が違う。父の剛士《たけし》が東京本社に異動になった関係で、家族で静岡県から引っ越してきたのが二週間前のことだ。剛士の異動が決まった時、瀬戸家では家族会議が開かれた。全員で東京へ引っ越すか、剛士一人が単身赴任するかということでだ。

妹のウララは四月から小学校に入学するため、環境が変わったとしても、友達関係に問題はなかった。だが、加奈は違う。大学付属の私立小学校に入り、エスカレーター式にここまできた加奈には、今まで作ってきた友達がいる。その友達と離れればなれになるのはどうしても嫌だった。決して剛士が嫌いなのではない。だが、できれば単身赴任してもらいたかった。

しかし、母親の多恵《たえ》の意見は、

「それは寂しすぎる。今まで一緒にやってきた家族なんだから」

というもので、そのひと言で瀬戸家の引っ越しが決まった。

一番喜んだのは妹のウララだった。大手コンピューター会社の取締役である剛士に会社側が与えた新居は、外装も内装も洋風で、ウララの第一声は「お城みたいだね」というものだった。

越してきた二週間前は慌ただしいものだった。部屋の割り振りから始まり、家具の置き場所、そして、加奈が一番こだわったのが、アップライト・ピアノの置き場所だった。加奈は小学一年生の頃からピアノ教室に通っていたため、かなりの腕前で、学校行事のクラス合唱会では毎年ピアノの演奏役だった。

　ピアノを買ってもらった時の感動は忘れられない。加奈はこれをいつまでも身近に置いておきたいと思っていた。結局、ウララが一緒に弾きたいと言い始めたので、一階のリビングに置くことに決まった。一安心した加奈は、ウララにもピアノの素晴らしさを教えたいと思った。

　こうして慌ただしい日々は瞬く間に過ぎ去り、明日は転校先である希望学園高等学校の始業式だ。ふと、静岡での思い出が蘇《よみがえ》る。特に、幼稚園の頃からの幼なじみである山本楓《やまもとかえで》との別れが一番つらかった。

　楓は、二時間ほど前に電話をかけてきてくれた。

「始業式、明日でしょ？」

「うん。そうなんだけど……」

「どうした？　元気ないじゃん、加奈らしくもない」

「うん。ただ新しい学校の人たちとうまくやっていけるのかなって思って」

「大丈夫だよ。加奈は明るいし、心配ないよ」

「そうかなあ」

「そうだよ。ピアノはどう？　相変わらず？」

「うん。毎日弾いてるよ」

「でも、あの時は、本当にみんな感動してたよね」

あの時。

それは加奈が東京に引っ越す前日のことだった。楓がクラスのみんなを集めて、加奈のためにお別れ会を開いてくれたのだ。担任の四ノ宮先生に頼んで音楽室を借り切り、ジュースやお菓子を持ち込んで楽しんだ。加奈は別れる時だからこそ明るく振る舞った。そして、お礼にピアノを弾いたのだ。それは加奈が一番愛している曲、ショパンの『別れの曲』だった。だが『別れの曲』というのは後からついた曲名で、正しくは『エチュード第三番　ホ長調作品10の3』というのだ。そんなことを、いつだったか楓に話したことがある。

その曲を、最後にみんなの前で弾いたのだ。演奏が終わった途端、盛大な拍手が沸き起こった。演奏会で曲を弾き終えた後のようだった。楓や他の女の子たちは、ぽろぽろと涙をこぼしていた。最後の最後でしんみりとした別れになってしまった。

「私たちは、いつまでも加奈の友達だよ」

楓の最後の言葉を聞いた時、加奈も涙を堪《こら》えきれずに泣いてしまった。そうして静岡の友達に別れを告げたのだった。

だが、いつまでも思い出に浸っているわけにはいかない。明日からは新しい高校で新しい友達を作り、新しい環境に慣れなければならない。すぐに新しい友達ができるだろうとは思うが、不安な気持ちがあるのも確かだった。そんな時にかかってきた楓からの電話は、加奈の気持ちを和《やわ》らげてくれた。

加奈は明日が楽しみだと思うようにした。楽しい高校生活を想像しながら眠ろうとすると、今度は逆に興奮してしまった。しばらくは眠りにつけそうもなかった……。

2

翌、月曜日。目覚まし時計のアラームが鳴る三十分前に加奈は目覚めた。外では小鳥が人間に朝を告げるかのように鳴いている。カーテンを開けると昨日の嵐が嘘《うそ》のように、雲一つない晴天だった。普段なら目が覚めてもしばらくはベッドから抜け出せないのだが、今日は違った。心臓がドキドキしていて、それが心地よい緊張感にもなっている。加奈は大きく体をのばし、「よし」と気合いを入れてベッドから下りた。

階段を下りる途中で、キッチンからいい匂《にお》いが漂ってくる。

「おはよう」

多恵は加奈の声に振り返り、

「あら、もう起きたの？　珍しいわね」

と微笑《ほほえ》んだ。

「今日は特別だからね」

「そうね」

「お父さんは？　もう出かけたの？」

「ほんのちょっと前にね」

剛士は毎日仕事で忙しかった。日付が変わってから帰ってくることも珍しくない。それは加奈が小さな頃から変わらず、日曜日なのにお父さんが遊んでくれない、と泣いた記憶がある。

「そっか」

「ねえ、加奈。ついでにウララも起こしてきて、朝ご飯食べましょう」

「分かった」

加奈はウララを起こしに再び二階へ上がった。

数分後、ようやく加奈はウララを起こすことに成功した。寝起きが悪く、なかなか起きてくれないのだ。

「お姉ちゃん、おはよう」

目を擦《こす》りながらウララは眠たそうな声を出す。

「はい、おはよう。朝ご飯できてるから早くおいで」

「ねぇ、おんぶして」

「自分で歩きなさい」

「やだ！　おんぶして」

ウララのしつこさに苦笑しつつ加奈は屈《かが》み込んだ。

「もう、分かったわよ。はい、乗っかって」

これも朝の日課だった。こうして加奈はウララをおんぶして一階に下りるのだ。この家に住んではや二週間、三日前にウララは入学式を終え、加奈よりも一足早く学校に通っている。もうすっかりこの環境に慣れた様子だった。

テーブルにはすでに朝ご飯が並んでおり、加奈はウララを床に下ろし、イスに座った。

「ほら、ウララも早く食べちゃいなさいよ」

多恵がそう促すと、ウララが突然、

「ママ、ピアノ弾きたい」

と言いだした。

「駄目、まずご飯を食べなさい」

「じゃ、お姉ちゃん弾いて」

「駄目だよ、お姉ちゃんも今日は忙しいんだから。帰ってきてからね」

「えー、つまんないの」

ちょっとふくれながらウララはイスに腰かけ、ようやく朝食を食べ始めた。

ひとまず落ち着いて加奈は小さく息を吐いた。

だが朝食後はさらに忙しかった。ウララと一緒に食器を流しに運び、そのまま洗面所に向かう。ウララに歯を磨かせたり、顔を洗わせたりするのが加奈の役目だった。着替えのために、ようやくウララが洗面所を出てから、加奈は自分の髪をセットした。スプレーを軽くプッシュし、ドライヤーで整えていく。

何とか髪型を整えて、制服に着替えるために再び自分の部屋に戻る。

「もう、こんな時間じゃない」

大慌てで着替えながらも、これまでと違う制服に違和感を感じていた。今日からは、今まで着ていたセーラー服ではなく、ブレザーだ。

学校の指定鞄《かばん》を肩にかけ、ようやく準備を整えた加奈が階段を下りると、黄色い帽子を被《かぶ》ったウララが玄関で待ちわびていた。

「お姉ちゃん。まだ？」

「今行く」

「もう、遅いよ。遅れちゃうよ」

「ごめんごめん。さあ、行こう」

玄関を出たところで、多恵に呼び止められた。

「二人ともちょっと待って。忘れるところだったわ。はい、鍵。ウララにもね。なくさないでよ」

「そっか、今日からパート始めるんだよね」

「そうよ。ずっと家にいるのもなんだしね。ウララよりは早く帰ってこられると思うけど、念のため」

「うん。分かった」

「じゃあ、行ってらっしゃい」

「行ってきます」

3

　途中でウララと別れた加奈は、多少緊張しながらも、一人で希望学園高等学校へ向かった。学校が近づくにつれて、同じ制服姿の高校生が目立ち始める。知った顔が一人もいないことに今更ながら気づかされ、不安が募る。

　校門の前に着くと加奈は立ち止まり、校舎を眺めた。外装が白で統一された綺麗な学校で、グラウンドも広く、建物自体は四階建てで、改めて見ると本当に大きかった。登校する生徒たちがチラチラと加奈を見ていくが、あまり気にしないように努めた。

　ここには、試験を受けるために一度訪れていた。剛士は県立や公立の学校よりも私立にこだわり、加奈は半ば強引に、希望学園高等学校の編入試験を受けさせられたのだ。学園自体偏差値が低いわけではない。むしろ高いほうだった。それに関しては何ら問題なかった。自宅から徒歩十五分というのも加奈にとっては何よりの魅力だった。静岡にいた頃は、片道一時間もかけて通っていたのだから。

　加奈は校門をくぐると、電話で言われたとおり校長室に向かった。

　扉を二回ノックすると、中からちょっと低い声が返ってきた。

「はい、どうぞ」

「失礼します。おはようございます。瀬戸加奈です」

　挨拶《あいさつ》をすると校長はイスから立ち上がった。

「君が瀬戸加奈君か。さあ、座って」

「失礼します」

ソファに腰かけ、加奈は大きく息を吐いた。

「ははは、そう緊張しなくていいよ。気持ちは分からなくもないがね。リラックス、リラックス」

穏やかで優しそうな校長だった。しかし、それよりも、もうほとんど髪の毛が残っていないのが印象的だった。

「校長の天草です。以前君がここへ来た時は、確か教頭の池辺君が……」

「はい、そうです。教頭先生にはお会いしました」

「じゃあ、大体の話は聞いているね」

「はい」

教頭からは、校則や一日の授業の流れ、文系と理数系に分かれているため、三年間一度もクラス替えを行わないことなどの説明があった。ちなみに加奈は理数系の三年B組に編入することになっている。

「担任の話は聞いているかな？」

「いえ、まだです」

「そうか。三年B組の担任だった早川先生が昨年度いっぱいで退職されたので、今日から新しい先生に来てもらっているんだよ」

「そうですか」

「市村史朗《いちむらしろう》という先生で、体育が専門の二十七歳だ。うちの学校はあまり若い先生がいないから、職員室が少しは活気づきそうだよ」

「はあ……」

「市村先生には、職員室での挨拶が終わり次第、ここへ来るように言ってある。それまで君はここで待っていなさい。私もこれから職員室に顔を出してくるから」

「分かりました」

　校長が出ていった後、少し緊張がほぐれた加奈は市村が来るまでソファに座って、校長室を見渡していたのだった。


　加奈が校長室で市村を待っているその間、職員室では市村の自己紹介が行われていた。

「それじゃあ、市村先生からひと言」

「えー、今日から体育教師として三年B組の担任を務めさせていただく市村です。まだまだ未熟ではありますが、よろしくお願いします」

未熟だと言ったのは嘘ではない。担任としてクラスを受け持つのはこれが初めてだった。これまで、神奈川の私立高校で体育講師として働いていたのだが、昨年度にこの希望学園高等学校の面接を受け、採用された新米教師なのだ。

まさか担任を任されるとは思ってもいなかったし、正直自信もなかった。それでも任された以上一生懸命、生徒たちのために働くつもりだった。現在、日本中でイジメや学級崩壊が囁《ささや》かれているが、愛情を持って接すれば生徒たちもきっと分かってくれると、市村はそう信じていた。根っからの体育会系熱血教師だった。

「何か分からないことがあったら、山田先生に訊《き》くといい。君と年も近いし、力になってくれると思うよ」

池辺の声が聞こえたのか、山田は席から立ち上がり、市村のところに歩み寄ってきた。

「数学を教えている山田です。年は今年で二十九。まあ、分からないことがあれば何でも訊いてください。よろしく」

なかなか好感の持てる人物だと市村は思った。

「こちらこそ、よろしくお願いします」

「それじゃあ、市村先生。早速校長室に行こうか。今日から三年B組に転入する生徒が君を待っているから」

「そうでしたね。分かりました」

「では」

山田は、ああ、と頷《うなず》き自分のデスクに戻っていった。そして市村は天草とともに加奈の待つ校長室に向かった。その間、自分のクラス像を勝手に思い描き、大いに期待を膨らませていた。


扉が開き、加奈は無意識のうちにソファから立ち上がっていた。

「待たせたね」

「いえ」

「それじゃあ、市村先生。中へ」

「失礼します」

頭を下げてから市村が校長室に入ってきた。体育教師の二十七歳。加奈が感じた第一印象は「今どき珍しい熱血教師」だった。

「初めまして、瀬戸加奈です。よろしくお願いします」

「こちらこそ、今日から君のクラスを受け持つことになった市村史朗です。よろしく」

お互い挨拶を交わしたところで天草が割って入った。

「それじゃあ、後はクラスでということでいいかな、市村先生」

八時四十分、後五分でホームルームが始まる。普段なら九時から授業が始まるのだが、今日は始業式なので体育館に全校生徒が集まり、校長の話を聞いた後、クラスで一時間のロングホームルームを行って終わる予定だった。

「それじゃあ、クラスへ行こうか」

自分にも気合いを入れるような口調で市村は加奈に言った。

「はい」


加奈と市村は階段を上りながら打ち合わせをしていた。

「本来なら先生の合図で、転校生が教室に入ってくるんだが、それはやめよう。正直、俺もちょっと緊張してるんだ。それに一緒に入っていったほうが、君にとってもいいだろう」

そのとおりだった。加奈はその言葉にホッとした。

「はい、そのほうが楽です」

「そうか。じゃあ、そうしよう」

そう言った時には、目の前に三年B組と書かれたプレートが見えていた。

教室の中の話し声や笑い声が廊下まで響いている。この扉を開けた途端、教室は静まり返り、初めて見る二人に視線が集まるだろう。

「準備はいいか」

だが、二人は知らなかった。

「はい、大丈夫です」

三年B組にはある恐ろしい噂《うわさ》があることを。

4

予想どおりだった。市村が教室の扉を開くと、騒がしかった教室が水を打ったように静かになり、全員の視線が注がれた。

「みんな、席に戻って」

女子生徒のひと言で、全員が自分の席に戻っていく。それを確認した後、市村、次いで加奈が教壇に上った。教室には話し声一つなく、加奈は下を向きっぱなしだった。顔がどうしても上げられない。

「とりあえず挨拶からしようか。えーと、じゃあクラス委員長、お願いします」

市村の指示に従い、先ほど皆に指示を出した本城沙也加《ほんじょうさやか》が声を上げた。

「起立」

そのひと声で、教室にいる三十四人が立ち上がった。すっと立ち上がる者もいれば、ダラダラしている者もいた。

「礼」

「おはようございます」

市村の声が一番大きかった。

「着席」

全員が席に着いたのを確認してから市村は口を開いた。

「えーと、何から話せばいいのかな。まずは先生の名前から」

そう言いながら、自分の名前を黒板にスラスラと書いていく。

「今日から、前任の早川先生に代わって三年B組の担任になりました市村史朗です。史朗の朗の字は間違いやすいのですが、この郎ではないので注意してください」

生徒からは何の反応もなかった。

「ま、まあいいや。それで今日から三年B組の生徒が一人増えることになりました」

そう言って市村は加奈に頷いた。大きく息を吸い込み落ち着いてから加奈は自己紹介をした。

「静岡から越してきた瀬戸加奈です。趣味はピアノを弾くことです。よろしくお願いします」

短い自己紹介を終え、軽く頭を下げると、教室からはパラパラと小さな拍手が起こった。

しかし、教室の雰囲気が何となく重い。気のせいだろうかと加奈は思った。

「この学校はクラス替えが一度もなくて、みんなの結束は固いと思う。みんな仲よくしてやってくれ」

ちらほらと、はいと聞こえた。とりあえずは、と市村は空いている席をキョロキョロと探し始めた。

「瀬戸の席は……これは出席番号順になっているんだな？　委員長」

市村が訊くと、本城は表情を曇らせて頷いた。

「は、はい、そうですね」

「それじゃあ、瀬戸はあそこの席でいいんだな」

このクラスは横に五列、縦に七列といった机の配置になっており、市村が指した席は三列目の前から三番目だったので、配置的にほぼ中心の席だった。

「それじゃあ瀬戸、あそこの席に座ってくれ」

加奈は、言われたとおりに自分の席に歩み寄った。しかし、イスを引いて座るまでの間、妙な視線に包まれていることに気がついた。しばらくして、それは感じなくなったが、それでも左隣に座っている男子がいまだにこちらを見ているようだった。

「土屋です。土屋裕樹です。よろしく」

穏やかで優しい目をしていて、加奈は一瞬、その瞳に吸い込まれそうになった。

「こちらこそ、よろしくお願いします」

加奈が言うと、土屋は微笑んだ後、市村に顔を向けた。そして、首を左右にポキポキとゆっくりと鳴らした。

「それじゃあ、始業式が始まるまで待っているように」

そう言って市村が教室から出ていくと、クラスの一部が再び騒がしくなった。この中で一番初めに会話を交わした土屋裕樹に目を向けると、相変わらず穏やかな目をして黒板を静かに見つめていた。

癖なのだろうか、また首を左右にポキポキと鳴らしていた。その動作が、随分と印象的だった……。

数分後、チャイムが響き渡った。それでもクラスの一部は騒がしかったので、本城が声を上げた。

「みんな静かにしてよ。放送が聞こえないでしょ」

スピーカーからは、始業式が行われる体育館に向かう順番が放送されていたのである。

「それじゃあ、みんな廊下に出て」

さすがに、まだ話しかけてくれる人はいなくて、目が合うこともなかった。みんなの後について一人で体育館に向かう間、自分がクラスに溶け込めるかどうか、加奈は段々不安になっていた。

舞台に校長の天草が登場してマイクの前に立つと、全校生徒のざわめき声が静寂に変わった。

教頭の池辺が号令をかけると、生徒たちは一斉に礼をした。

「えー、早いもので、卒業式から約一ヶ月。桜が満開になる時期を迎えました」

それから天草の話はくたびれるほど長かった。その間、加奈は思い描いていたものと現実とのギャップに悩んでいた。この時点で一人や二人は友達ができているものと思い込んでいた。だが、誰一人として話しかけてきてはくれないし、席に着く時には、妙な視線も感じた。それは気のせいだとしても、自分に誰も興味を持ってくれないのが寂しすぎた。自分から話しかけに行けばよかったのかもしれないが、そんな勇気はまだなかった。やはり物は考えようだろう。これから徐々に友達は増えていくと加奈は信じていた。

「以上」

校長の長話が終わると、あちらこちらでため息が聞こえた。体育館の大きな時計を確認すると、話し始めてから三十五分が経過していた。

5

「なぜ、呼び出されたのか分かる？」

川上淳子《かわかみじゅんこ》が曖昧《あいまい》に答える。

「う、うん……」

「そう。また私の席に居座ろうとする女がいるわ」

「ってことは、それじゃあ……」

沖圭輔《おきけいすけ》はその先の言葉を、なかなか口に出せなかった。

「そうよ。あそこは私の席なんだから、邪魔者には消えてもらわないとね」

「で、でも、これ以上は……」

井上大輔《いのうえだいすけ》が不満そうに言うが、怯《おび》えの色は隠せなかった。

「何？　私を裏切るつもり？」

「そ、そんなこと言ってないよ」

慌てた口調で大輔は否定する。

「それじゃあ、できるわよね」

三人は躊躇《ためら》いつつ、怯えながらも分かったと答えたのだった。


一時間のロングホームルームを行うために市村が教室に入ってきた。

「まあ、ロングホームルームといっても、明日の予定とこの一年間の日程の用紙を配るだけなんだが」

市村は用紙を列の先頭に配っていく。受け取った各列の先頭の人間は、それを後ろにリレーのように渡していく。加奈も用紙を受け取り、後ろの人間に手渡した。

「明日から授業が始まるから、弁当を忘れないようにな」

市村がそう言うと、あちこちから、えーっという声が洩れた。

「まあ、その気持ちも分かるが、仕方ないだろう。俺も学生の頃は勉強が嫌いでな」

「それなのに、先生になったんだ。変なの」

本城に指摘され、市村は苦笑を浮かべた。

「先生といっても、俺は体育教師だからな。保健体育は教えないといけないが、ほとんどは体を動かす授業だからな」

それから残りの時間は、いつの間にか市村への質問タイムに変わっていた。神奈川生まれで、小学校、中学校時代はサッカーに明け暮れていたこと。そして、高校では全国大会に出場したという自慢。今は独身で彼女もいないこと。それに関してだけは皆、意外だという反応を示した。その一つひとつを加奈は黙って聞いていた。


「さようなら」

全員の声が重なり、市村は教室を出ていった。それを合図に一人二人と生徒が帰っていく。加奈も鞄を肩にかけ、一つ息を吐き、廊下へと出ようとした。その時だった。

「瀬戸さん」

振り返ると川上淳子、沖圭輔、そして井上大輔の三人が立っていた。

「な、何か？」

ドキドキしながら返事をすると、三人は加奈に近づいてきた。

「これから、暇かしら？」

言ったのは淳子だった。

「う、うん……」

それは本当で、家に帰ってもピアノを弾くぐらいだ。加奈がそう答えると、淳子の表情が和らいだ。

「本当に？　よかった。じゃあ、これからカラオケにでも行かない？　クラスに残ってる友達もみんな呼んでさ。ね？　行こうよ。瀬戸さんの歓迎パーティーってことで」

初めてクラスメートが話しかけてきてくれたのである。加奈は涙が出そうになるほど嬉《うれ》しかった。

「うん！　行く」

「よっしゃ！　そうとなれば、みんな集めて行こうぜ」

「ＯＫ！」

大輔はそう言って、クラスに残っている生徒に声をかけ始めた。その光景を見ていた加奈は安堵《あんど》の吐息をついたのだった。

学校を出た加奈たちは裏道を抜け、表通りに出た。

「私たちがよく行くカラオケ店があるけど、そこでいい？」

淳子にそう訊かれ、加奈は任せると答えた。

あれから人がどんどん集まり、最終的には十五人にもなっていた。その中にはクラス委員長の本城や、初めて会話を交わした土屋もいた。まずは一人ひとり加奈に自己紹介し、カラオケ店に着くまでの間は終始、加奈に対する質問だらけだった。

「大学へは行くつもり？」

本城が加奈に尋ねた。

「まだ分からない。できることなら将来はピアノ関係の仕事がしたいと思っているんだ」

「へー、すごいな。俺なんて、将来よりも今の成績をどうにかしないとな」

圭輔のひと言で皆が声を上げて笑った。こんな楽しい時間が過ぎ去ってしまうのがもったいないと、加奈は思った。

カラオケ店に着いてからの手順は皆、慣れたものだった。カウンターにいる店員に人数を伝え、借りるボックスとプランを選ぶ。淳子が選んだボックスはパーティールームで、一人千円払えば歌い放題のプランだったが、チケットがあるようなので一人八百円に値下げされた。

「本当に大きいお店だね」

加奈は思わず驚きの言葉を口にした。

「でしょ？　値段も安いしね」

さすがは都会だと加奈は呟《つぶや》いた。

パーティールームというだけあって、十五人のメンバーが難なく収まってしまった。マイクの隣の棚には四つのタンバリンが置いてあり、いち早くそれに手を出したのは圭輔で、両手でシャカシャカと鳴らしながら、

「イエーイ」

と声を上げ、みんなの気持ちを盛り上げた。

「一つだけにしなさいよ」

本城が、号令をかける時と同じ口調で圭輔に注意した。

「分かったよ。ほれ」

圭輔は本城にタンバリンを一つ渡した。

「イエーイ」

本当は自分が持ちたかったのだ。その様子に加奈はクスクスと笑みをこぼした。

「ねえ、歌おうよ」

リモコンを取ると、淳子は慣れた手つきで曲の番号を入力し、それを機械に向けて送信した。

「それじゃあ、一番いきまーす」

間もなく部屋のスピーカーから最初の曲が流れ、淳子は気持ちよく歌い始めた。

それから軽く五時間は過ぎていた。人数が人数だけにそれは仕方がない。加奈自身、帰りたいとは全く思わなかった。むしろ、まだ足りないくらいだった。

もちろん、歌いっぱなしというわけではない。途中で携帯電話の番号を教え合い、徐々に交流を深めていった。携帯の番号を教え合うという行為だけで今は友達になれるのだ。逆に、それが友達を作るいいきっかけになるともいえた。堅そうだと思っていた本城も意外に社交的で、これからは沙也加と呼んでほしいと言っていた。

さらに三時間が経過する頃には、さすがに疲れ果ててしまった。みんなも同じらしく、予約されているのは残り一曲だけになった。最後にマイクを持ったのも淳子で、それも、もうじき終わる。そこで加奈は不思議に思うことがあった。それは自分の左隣に座っている土屋が部屋に入ってから一曲も歌っていないことだ。みんなも気づいているのだろうか。せっかくお金を払っているのだから、一曲くらい歌えばいいのに。

「土屋君」

耳元で話しかけると、土屋が振り向いた。

「一曲も歌ってないでしょ？　歌わないの？」

加奈は声を大きくして土屋にそう言った。

「歌いたい曲がないからさ」

「でも、もったいないよ。一曲くらい歌えばいいのに」

「いや、いいよ。いつもそうだからさ」

「そう……」

一人だけ歌っていないというただそれだけのことで、土屋が孤独に見えた。こうして十五人で集まっているにもかかわらず、彼が自分たちとは違う空間にいるように感じる。横目でチラリと見ると、やはり癖なのか、首を左右にゆっくりと曲げていた。そして、気のせいか、その時の土屋の目は冷めきっていた。

時刻は七時を回り、みんなと別れた加奈は、帰り道が一緒だった淳子と二人で話をしながら歩いていた。もちろん、多恵には携帯で連絡を入れてあったので、心配させることはなかった。

「でも今日は本当に楽しかったな。新しい友達も増えたし」

淳子が突然嬉しそうにそう言った。

「うん。今日はありがとう。私も本当に楽しかった。また行こうね」

「もちろん！」

「実は、正直言って怖かったんだ。私には友達ができるのかなって。でも、川上さんにカラオケ行こうって誘われた時はホッとした」

「最初から誘うつもりだったよ。せっかく新しい友達が増えたんだしね」

「ありがとう」

加奈は礼を言ってから、思いきって訊いてみた。

「気になることがあるんだけど」

「何？」

「私の席の左隣に座っている土屋君っているでしょ？」

「それがどうしたの？」

「土屋君、今日一曲も歌ってなかったよ。あんなに長い時間いたのに。退屈じゃなかったのかな」

「いつものことだよ。気にしなくていいんじゃない？」

「うん……でも」

いつものことと淳子は言ったが、果たしてそうなのだろうか。淳子と土屋はそれほど仲がいいようには見えないのに、そこまで分かるのか。とはいえ、加奈はそれほど深く考えはしなかった。そんなことより、明日からの学園生活のことを考えよう。

「今日で、もうあんなに友達ができちゃったんだもん。明日から楽しみだな」

独り言のようにそう言うと、突然、淳子の表情が曇った。

「どうしたの？」

声をかけると、淳子は深刻そうに口を開いた。

「瀬戸さん……あのね」

「どうか……した？」

「どうしようか迷ったんだけど、一応話しておいたほうがいいかなって思うんだ」

今まで明るかっただけに妙に気になる。

「うん。どうしたの？」

「実はね、うちのクラスには、ある噂があるんだ」

「噂？　それ何？」

「実はね」

加奈はゴクリと唾を呑《の》み込んだ。

6

「呪《のろ》いの席？」

「そう、呪いの席」

仕事を終えた市村は歓迎をかねてと、山田に居酒屋へ誘われていた。

〈おばちゃん〉という小ぢんまりとした店内は、名前どおり、おばちゃんの声が響きわたり、二人は楽しくお酒を飲んでいたのだが、三杯目のビールをお代わりした後、山田が妙な話をし始めたのだ。

「何ですか？　その、呪いの席って」

「校長からは何も聞いてない？」

「何のことですか？」

「何だかんだといって、校長も人が悪い」

「だから、何なんですか？　その呪いの席ってのは」

「さっきも言ったように、B組の中でというか、学校内で奇妙な噂になってるんだけど」

「え？」

「しかし、それは噂じゃない。現実に起こっているんだ」

「どういうことでしょうか？」

「言葉どおりさ。三年B組のある席に座った生徒が呪われてしまうんだ」

真顔で言う山田に市村は呆《あき》れ顔を浮かべた。

「冗談でしょ？」

「そう思うだろ？　でも本当なんだ。うちの学校はクラス替えがないから、B組ではすでに三人の生徒が不幸な目に遭《あ》ってるよ。その三人とも同じ席に座っていたんだ」

「同じ席……ですか」

　市村の表情が段々真顔に変わっていく。

「そう、まずは鈴木千佳《すずきちか》という生徒だ。彼女は去年の九月頃にB組にやってきた。だが、一ヶ月も経《た》たないうちに自宅マンションから飛び降り自殺してるんだ」

「飛び降り自殺！　そ、それ、本当ですか？」

　市村は思わず席から立ち上がっていた。

「それだけじゃない」

　山田はあくまで冷静だった。市村は先を聞くのが怖くなってきていた。

「仙道明日香《せんどうあすか》という生徒もそうだ。彼女は去年の始業式と同時にB組にやってきた。だが、やはり一ヶ月もしないうちに……」

「自殺したんですか？」

「いや、自殺はしていない。だが、精神病というのかな、酷《ひど》いノイローゼ状態に陥って、退学した」

ノイローゼ、と市村は呟き、

「あと……一人は？」

と尋ねた。

「それが謎《なぞ》なんだ」

「謎？」

「関綾乃《せきあやの》という、一年生の初めからクラスにいた生徒でね。最初の冬休みが終わって、三学期を迎えたと同時に行方不明になっている」

「見つかってないんですか？」

「彼女の両親が警察にも通報して、必死の捜索が行われたんだが、まだ見つかってない。その関綾乃という生徒がいなくなってからなんだよ、B組でそんなことが起こりだしたのは」

市村は腕を組み、考え込んだ。

「でも、妙ですよね。どうして同じ席に座った生徒が不幸な目に遭うのか。偶然とは思えない」

「そこなんだよ。この話にはまだ続きがある。奇妙だとか何だとか言ってはいるが、それは生徒たちが噂話として作っただけで、本当は呪いでも何でもない。その生徒に対するイジメというか悪質な嫌がらせなんだよ」

「悪質な嫌がらせですか？」

「そう。関綾乃を除いて、不幸な目に遭った二人の生徒の両親がそれぞれ学校に怒鳴り込んできたんだよ」

「どういう内容だったんですか？」

「想像がつくだろう。うちの子供が嫌がらせに遭っていたって」

「でも、根拠もなしにそんなことを言ってきますかね」

「それがあるんだよ。証拠がしっかりとね」

「あるんですか？　それなら噂話なんかじゃないじゃないですか」

「だから、それは生徒たちが勝手に作ったものだと言ったろう？」

「そうでしたね。それでその証拠というのは？」

山田は少し間を置いてから答えた。

「証拠として残っていたのは写真だった」

「写真……ですか」

「そう」

「どんな写真だったんですか？」

「分かりやすく言えば、人間観察ってところかな」

「人間観察？」

「そう、ターゲットとした生徒をつけ回して、日常生活の写真を撮っていたんだ。そして、それを本人に送りつける。不幸な目に遭った生徒の両親が持ってきたのは、百枚とか二百枚とかいう次元ではなかったよ」

「気味が悪いですね。でもそれだけで自殺というのは」

「そう思うだろ？　でも実際、自分のところにそんな写真が送られてきたらどうする？　それも毎日。しかも見知らぬ相手から。気が狂いそうにならないか。ましてや女の子だ。いつも自分が見られていると思うと気味が悪くてしようがない。それに両親は、それだけじゃないはずだと言ったそうだよ」

「根拠はあったんですか？」

「いや、それはなかったようだ。何しろ本人が喋《しゃべ》らないんだ。それに一人は自殺しているし、証拠も何もあったもんじゃない。だが、あるはずだって」

「そんなことがあったのを、生徒たちは知ってるんですか？」

「もちろん知ってる。問題になったからね。ただ生徒たちは奇妙な噂話を作りたいだけなんだよ」

それを聞き、市村は強い憤りを感じた。

「それで、学校側はどう対処したんですか？」

「誰の仕業なのか調べてはみたようだが、確たる証拠もないし、ましてや、それを送り続けていたのが本当にうちの生徒かどうかも分からない。学校側としては何とも言えない状況だったんじゃないかな」

市村は一つ間を置いて、そうですかとため息をついた。自分が受け持つクラスにそんな過去があったとは……。

「でもその、関綾乃という生徒の両親は、学校に何も言ってきてはいないんですか？」

そこが市村の気になった点であった。

「そうなんだよ。だから彼女だけは本当に謎なんだ」

「謎……ですか」

この話をし始めてから酒が進まなくなり、すっかり酔いも醒《さ》めてしまった。

「今、思ったんですけど、もしかして前任の早川先生が辞めた理由って……」

「家庭の事情ってことになっているが、二年間で三度もそんなことが起きたんだ。責任をとるという形で辞表を提出したんだ」

「だけど、早川先生が悪いわけではないでしょう」

「仕方ないさ」

山田の返事はそっけないものだった。

「そうですか……」

市村はグラスに残っているビールを一気に飲み干し、これまでの話を振り返ってみた。自分が肝心な部分を聞き忘れていることにようやく気がついたのだ。それは、呪いの席がどの席かということだった。

「肝心なことを聞き忘れていました。一体、それはどの席なんですか？」

「ああ、そうだったね。B組は横五列、縦七列という形になっているだろう？」

「え、ええ……そうですね」

市村はあまり覚えていなかったが、適当に頷いてみせた。

「だから、ちょうど真ん中くらいの席と言ったらいいのかな。横三列目の前から三番目。そこが呪いの席と言われているんだ。今日からB組に新しい生徒が来ただろう？　その空いていた席には、その子が座ったんじゃないか？」

市村は席順を思い出そうと、机の配置を必死に思い浮かべた。

「でもまあ、考えすぎないことだよ。本当に偶然だったのかもしれないし、これからも続くかといったら、それも分からないしね。それに、校長に何を言っても無駄だと思うよ。ただの偶然だって言われるのがオチだろうね」

自分から話しておきながら山田は他人事《ひとごと》のように言った。だが、市村の耳には山田の言葉など聞こえていなかった。今になってようやく、机の配置を思い出したからだ。校長室で一足早く顔を合わせ、一緒に教室に入った転校生。出席番号順とはいえ、あそこの席に座っているのは、やはり転校生だ。

「瀬戸……加奈」

市村の中で嫌な予感が膨らんでいった。

7

テーブルの上にはすでに夕食が並べられていた。珍しく剛士も今日は早く帰ってきており、加奈を除く三人は、もう夕食を済ませていた。

「いただきます」

加奈は夕食を食べながら、帰り道に淳子から聞いたB組の奇妙な噂話を思い出していた。

今日から自分が座ることになった席に、過去座っていた三人の女子生徒が、なぜか不幸になっているというのだ。三人の名前を淳子は言わなかったものの、一人は行方不明に、一人は精神的な病気に、そして一人は自殺までしているという。原因は分からないが、それが理由で今では呪いの席と言われていると、淳子は気味悪そうに言ったのだ。

そんな噂話を聞き、さすがに加奈も初めは怖くなった。でも最後に淳子が言ったように、本当にただの偶然かもしれないのだ。それに、まさか自分に限ってそんなことはと、あまり気にしていなかった。そんな変な噂話よりも、加奈は今が楽しくて仕方なかった。噂話を忘れてしまうくらい、今が幸せだった。予想していたよりもはるかにみんなが友達思いだと分かり、これなら自分はうまくやっていけると、確信を得ていた。

「何、にやついてるの？　早く食べちゃってよ。片づかないでしょ？」

無意識のうちに、ついつい微笑んでいたようだ。加奈は、はぁいと口を動かした。

「どうだったの、今日は？　随分と楽しんできたようだけど」

「それがね、みんなすごく、いい人でさ。すぐ友達になれちゃったよ。この調子なら、明日にはもうクラスのみんなと友達になってるかもね。それくらいみんないい人だし、話も合うし面白いし。これならうまくやっていけると思う」

「そう、よかった。それが一番心配だったのよ」

「うん。大丈夫」

そこで会話が途切れ、パジャマ姿の剛士がやってきた。

「おう、帰っていたのか」

「うん。ただいま」

「どうだった？　学校は」

加奈は剛士の問いに箸《はし》を置き、

「それが、聞いてよ」

と、多恵に話した内容を剛士にも話した。

「それはよかったな。じゃあ、もう心配ないな」

「そうだね」

今度は自分の部屋からウララが一階に下りてきた。

「お姉ちゃん、お帰り」

「ただいま。学校楽しかった？」

「うん！　今日ね、庄司先生にね、ピアノ上手ねって誉められたの」

「へー、よかったね。お姉ちゃんもウララのピアノが聴きたいな」

子供の口調でそう言うとウララは自信満々に頷き、いいよ、とピアノの前に座った。そして、両手で『猫ふんじゃった』を弾き始めた。小学一年生にしては、確かにうまいほうだと加奈は思った。

「うまいなあ、ウララは本当に」

「ホント、上手ね」

親馬鹿まる出しでウララを誉める剛士と多恵を見て、加奈は小さい頃を思い出していた。ピアノを弾き終えた自分を、両親は今のように誉めてくれたのだ。

「よくできました。上手だったよ」

そう言うと、ウララは言った。

「今度はお姉ちゃんの番だよ」

「え？　お姉ちゃん？」

「だって朝、約束したじゃん」

確かにそうだった。年齢の低い子供の場合、約束は絶対だ。些細《ささい》な約束でも、それを破れば、ものすごい裏切り行為となるからだ。加奈はそういうところもしっかりと心得ていた。

「それじゃあ、約束どおり、お姉ちゃんがお手本をお見せいたしましょう」

マジシャンのように言うとウララは歓声を上げた。

「やった！」

「ちょっと、加奈、片づかないでしょ」

「少しだけだから」

加奈はウララを自分の隣に座らせて、鍵盤の上に両手を静かに置いた。一つ息を吸い込み、それを吐き出し、次に息を吸うと同時に『猫ふんじゃった』を弾き始めた。初めは静かにゆっくりと、そして徐々にスピードを上げていく。

「すごーい」

ウララの目は鍵盤の上で激しく踊る加奈の指に釘付《くぎづ》けだった。最後は目でも追えなくなっており、弾き終えた加奈にウララから盛大な拍手が起こった。

「ありがとうございます」

「すごいなー。ウララも、もっと上手になりたいな」

「なれるよ。練習すれば誰でもね」

「ホントかなー」

「ホント、ウララもきっとうまくなるよ」

そう言うと、ウララはにっこり微笑み、やったと声を上げた。そんな無邪気なウララに加奈は優しい笑みを浮かべた。

淳子から聞かされたあの奇妙な噂話は、いつしかすっかり頭から消え去っていた。

「いい加減、早く食べなさい」

横から多恵の怒声が飛んできた。

「はぁい」

「ははは、お姉ちゃん怒られた、怒られた」

加奈はウララと顔を見合わせ、にっこり微笑んだ。この日、瀬戸家では笑い声が絶えなかった……。

8

翌朝、加奈はベッドから起き上がりカーテンを開くと、太陽の光に目を細めた。

生活そのものは静岡に住んでいた時とまるで一緒だった。ただ人間関係が変わっただけで、それ以外は何もかも。昨日と違ってギリギリの時間に目を覚まし、ウララを起こして朝食を摂《と》り、仕度を整える。この日もどうにか忙しい朝を乗り越えた。

「行ってきます」

「はい、行ってらっしゃい。ウララ、鍵なくさないのよ。大事に持っていてね」

「うん」

「気をつけてね」

初日のような不安感はなく、加奈はウララとの別れ道まで会話を楽しんでいた。昨日淳子から聞かされたB組の奇妙な噂話など、気にもとめていなかった。むしろ、頭の中から消えていた。

「それじゃあ、ウララ、気をつけてね」

「うん。お姉ちゃん、バイバイ」

ウララは無邪気に手を大きく振り、赤いランドセルをこちらに向けた。加奈はウララの後ろ姿をしばらく見送った後、学校へと歩き始めた。

多少、歩く速度を早めたのは、早く学校に到着し、クラスのみんなと顔を合わせたいという気持ちが強かったからだ。それに、まだ一度も会話を交わしていないクラスメートがたくさんいる。これから一人二人と友達が増えていくことに加奈は胸が高鳴った。

待ちきれなくて走りだそうとした時、後ろで呼び声がした。

「瀬戸さん」

加奈は振り返り、表情を輝かせた。

「みんな！　おはよう」

昨日、加奈をカラオケに誘ってくれた淳子、圭輔、大輔の三人だった。この三人は本当に仲がいいらしかった。

「一緒に行こうよ」

淳子にそう言われ、迷うことなく頷いた。

「うん」

それから四人は一緒に登校した。まるで昔からの友達であるかのように。

「あー、早くしないと校門が閉まっちゃうよ」

突然、圭輔が声を上げた。生徒指導の教師が門を閉めようとしており、大勢の生徒たちが駆けだしている。四人は時間を忘れて、ついついゆっくりと話しながら歩いていたのだ。

「もうこんな時間じゃん」

「早く行こう」

淳子の一声で四人は同時に駆けだした。遅刻の危機にもかかわらず加奈はこの時を楽しんでいた。仲間と味わう小さなスリルが楽しかったのだ。

「セーフ。ギリギリだったね」

淳子が多少息を乱しながらそう言った。

「危ねえ、危ねえ。遅刻するところだったぜ」

「特にお前は成績がギリギリだからな。遅刻なんてできないよな」

からかうように大輔が言う。

「お前に言われたくないね」

四人は笑いながら、三階に上がっていった。

教室には、ほとんどの生徒が揃《そろ》っていて、席には着かずに仲間と会話を楽しんでいた。加奈は昨日カラオケに行ったメンバーと挨拶を交わし、自分の席に向かった。

『呪いの席って言われてるんだ』

一瞬、淳子の言葉が脳裏をよぎる。

「まさかね」

気にすることなく、加奈は鞄を机に置き、隣の土屋と顔を合わせた。

「おはよう、土屋君」

先に声をかけたのは加奈だった。

「おはよう」

「昨日はありがとう」

礼を言うと土屋は首を横に振った。

「ううん、とんでもない。すごく楽しかったよ」

そう言って、黒板のほうに向き直った。彼は何か、普通の男子とは雰囲気が違う。そう思っても、何が違うのか、加奈には説明できなかった。

チャイムが鳴ると、間もなく市村が教室に入ってきた。

「起立」

本城沙也加が号令をかけた。

「礼」

「よし、それじゃあひとまず出席をとるかな」

そう言って名簿を開くと、一人ひとりの名前を呼んでは顔を確認していく。

「瀬戸加奈」

呼ばれた加奈は大きな声で返事をした。

「瀬戸、もうクラスには慣れたか?」

「はい、慣れてきました」

「よし」

ホームルーム終了のチャイムが鳴ると、市村は、

「よし、じゃあ頑張れよ」

と言って、教室から出ていった。それと入れかわるようにして数学の山田が入ってくる。

そして、加奈にとっては、ここでの最初の授業が始まったのだった……。

9

何もかもが新鮮だったのかもしれない。学校での一日はあっという間に過ぎた。気がつくと、六時間目も終了していた。四時間目が終わり、昼食の時間には淳子、圭輔、大輔と四人で話をしながら弁当を食べた。基本的にはこの三人と一緒の時間が多かったが、段々と他のクラスメートとの交流も深めていき、B組のメンバーとして溶け込んでいった。

帰りのホームルームが終了し、加奈は市村に呼び出された。淳子たちに一緒に帰ろうと誘われていたのだが、事情を説明し、先に帰ってもらうことにした。加奈はなぜ自分が呼び出されたのか考えながら、職員室の扉を軽くノックした。

「失礼します。あの、市村先生」

デスクに座っていた市村が振り向いた。

「おう、悪いな、呼び出したりして。ちょっと、廊下へ出ようか」

この場で話せばいいのにと、加奈は余計気になった。

「あの、話って何ですか？」

「うん、ちょっとな」

曖昧な返事と、深刻な表情の市村を見て、多少不安になった。

ここでいいだろう。市村の足が止まったので加奈も足を止めた。その先には教材室しかないからか、あまり人気《ひとけ》はなかった。

「あの、話って一体何ですか？　気になるんですけど」

「ああ、すまんすまん。実はな、ちょっと気になる話を耳にしたものだから」

「気になる話？」

この時から加奈は何となく、あの奇妙な噂話のことだと感じてはいた。

「ああ、こんなこと、伝えていいか悩んだんだが、一応話しておいたほうがいいかと思ってな」

市村はなかなか核心に触れようとしなかった。

「だから、何なんですか？」

その態度に多少苛立《いらだ》った加奈は、自ら話を切り出した。

「もしかして、呪いの席っていう噂話のことじゃないんですか？」

そう言うと、市村は意外そうな表情を浮かべた。

「知っているのか？」

加奈はええ、と頷いた。

「もしかして先生、信じているんですか？　あんな噂話」

市村は困った様子で苦笑を浮かべた。

「いや、信じているというか、現実に三人もなぁ……」

「偶然ですよ、そんなの。だって席に座っただけで呪われるなんて、あるはずないじゃないですか」

「まあ、そうなんだがな、妙に気になってしまったものだから」

「大丈夫ですよ。話っていうのはそれだけですか？」

「あ、ああ、そうなんだ」

それでもなお、市村は心配している様子だった。

「大丈夫ですよ。それじゃあ、失礼します」

「ああ、気をつけてな」

加奈は市村に背を向け、誰もいない廊下を歩いた。廊下を曲がるまで市村の視線を感じていたが、振り返りもせず下駄箱に向かった。

しかし、加奈の後ろ姿を見送っていた市村は、どうにも嫌な予感というものが消えなかった。山田の言葉が頭にこびりついて離れない。偶然ならそれにこしたことはない。だが、本当に偶然だろうか。三人の生徒が座っていた席が、みな同じだということがありうるだろうか？　この噂話には隠された事実があるんじゃないかと思えて仕方がなかった……。

市村に呼び出されたおかげで、加奈はクラスのみんなよりも遅れて学校を出ることになった。市村の話をひきずることもなく歩いていると、途中で偶然にも、クラス委員長の本城沙也加と出会った。

「沙也加！　偶然だね、っていっても、ついさっきまで一緒に学校にいたんだよね」

沙也加は穏やかに微笑んだ。

「そうだね」

加奈は彼女が手に提げているビニール袋が気になった。

「それ、何？」

「ああ、これ？　これね、今さっきゲームセンターのＵＦＯキャッチャーで取ったぬいぐるみなんだ」

「ねえねえ、中身見せてよ。どんなぬいぐるみ取ったの？」

加奈は、ぬいぐるみが大好きだった。かわいいぬいぐるみを手に入れると、全て自分の部屋に飾ってしまう。おかげで静岡の家から持ってきたぬいぐるみは数えきれないほどで、それも全て今の部屋に飾っていた。

「いいけど、大したものじゃないよ……」

そう言いながら、沙也加はビニール袋の中から三つのぬいぐるみを取り出した。どれも初めて見るキャラクターだったが、加奈にしてみれば逆にそれが魅力だった。

「かわいい。すごくかわいいー」

俄然《がぜん》興奮状態になった加奈とは裏腹に、沙也加はこう言った。

「もしよかったら、これあげるよ」

その好意は嬉しかったが、甘えてしまっていいのだろうか。

「え、でも、悪いよ」

「いいのいいの。別に欲しかったってわけでもないし。やってみたらたまたま取れたってだけだから」

「本当に？」

「本当」

そう言って、沙也加は加奈にビニール袋ごと渡した。

「ありがとう。大事にするね」

「それじゃあ、私はここで。また明日学校でね」

「うん。ありがとう。また明日ね」

そんなやりとりをして、二人は別れた。加奈はしばらく沙也加の後ろ姿を見つめた後、ビニール袋の中に入ったぬいぐるみを見て、思わずにっこり微笑んだ……。

10

加奈は、合鍵で玄関を入ると、誰にも気づかれないように自分の部屋に向かった。一番、注意を払ったのはウララのことで、せっかく沙也加からもらったぬいぐるみを見られては、またひと騒動起こりかねない。自分の部屋に入り、扉を閉めた途端、加奈は安堵の吐息を洩らした。肩にかけていた鞄をベッドに放《ほう》ると、もらったばかりの三つのぬいぐるみを取り出した。

「どこに置こうかな」

それを決める時が楽しく、置き場所が決まったぬいぐるみたちは、加奈の部屋で一生退屈な生活を過ごすこととなる。

「ここにしよう」

加奈が決めたのは、携帯電話の充電器や風呂上がりに塗るクリームを置いている、ガラステーブルの上だった。決めたといっても、もうそこしか置けなかった。

「うん。ここがいい」

自分で納得し、三つのぬいぐるみを並べて置いた。

「いい感じ、いい感じ」

悦に入っていると、鞄の中から携帯の着信音が聞こえてきた。

「誰だろう」

そう呟いて、加奈は鞄の中を探る。メロディからしてメールではない。ようやく携帯を探し当てたが、液晶に表示されていたのは非通知設定の五文字だった。

「誰？」

楓だろうか。でも、非通知設定でかけてくるはずはない。不審に思いながらも、電話が切れないうちに出ることにした。

「もしもし」

返事がない。電話の向こうからは物音一つ聞こえてこない。

「もしもし？　誰？」

反応がなかった。加奈は、誰よ、と小さく呟いた。

「誰ですか？　切りますよ」

それでも反応がないので、加奈は怪訝《けげん》な表情を浮かべたまま電話を切った。しかし、ベッドに携帯を置くと再び鳴りだした。

「何よ」

見ると、また同じように非通知表示だった。

「もしもし？」

電話の向こうは先ほどと同じく、全くの無音だった。

「誰？」

つい口調が強まる。反応がないので電話を切った。

「何よもう、気持ち悪いな」

電話に出ても何も答えない。かといって向こうから切るわけでもない。ただのイタズラだったのだろう。

「お姉ちゃん」

廊下からウララの声がした。

「何？」

「ピアノ教えてよ」

「いいよ。下で待ってて」

そう言うと、扉の向こうでウララの元気な返事が返ってきた。

「うん。分かった。早く来てね」

階段をドスドスと下りていく音が聞こえた。加奈も部屋から出ようとしたが、やはり、さっきの電話が気になり、もう一度、ベッドに置いた携帯を見つめた。気にすることはない。そして、加奈はウララの待つリビングに下りていった。しかし、誰もいなくなった部屋では、携帯から三度目の着信音が鳴りだしていた。

11

ウララにピアノを教えているうちに、イタズラ電話のことはすっかり忘れていた。気づくとすでに七時を回っており、キッチンから多恵の声がした。

「二人とも、もうご飯だからその辺で終わりにしなさい」

「分かった」

「えー、もう終わり？」

「ちょっと加奈、手伝ってくれる？」

多恵は、ウララに諦《あきら》めるよう遠まわしに言っているようだった。

「はーい」

ウララには、また明日やろうと言い聞かせて、キッチンに急いだ。

仕事に忙しい剛士抜きの夕食は、もう習慣になっていて、一人分を抜いたおかずがテーブルに並べられた。今日は手作りハンバーグで、どうやらウララのリクエストのようだった。

「さあ、食べましょう」

「いただきます」

ハンバーグが相当嬉しかったのだろう、いつもよりウララの声が大きかった。そして、

「おいしい」

と、一口食べたウララが歓声を上げた。瀬戸家の食卓はいつにもまして賑《にぎ》やかだった。

加奈は食事を終えると、そのまま風呂場に向かった。久々に六時間目までの授業だったので体が少々疲れていたのだ。

「お風呂入ってくる」

そう告げると、多恵はウララにこう言った。

「ウララ、お姉ちゃんお風呂入るって。一緒に入れば？」

「お姉ちゃんと一緒に入る？」

「いい、今日入らない」

せっかくの誘いに、風呂嫌いのウララは乗ってこなかった。先ほどまでとはまるで別人のようにそっけない返事だった。

「あっそ。それじゃあお姉ちゃん先に入るからね」

「うん。いいよ」

シャワーを浴びてさっぱりとした加奈は、パジャマに着替えると直接部屋に戻った。

部屋に入ると、沙也加にもらったぬいぐるみが微笑みかけてくるようだ。勢いよくベッドに体を投げ出すと、その反動で携帯がベッドから落ちてしまった。

手を伸ばして携帯を拾い上げ、何気なく液晶を確認した。一瞬、イタズラ電話の件が脳裏をよぎる。念のため、着信履歴を確認する。

「何よ……これ」

思わず加奈は声を洩らした。かかってきた電話が全て非通知設定と表示されていたからだ。それも一分置きにかかってきている。表示限度の二十件全てが非通知で埋め尽くされており、本当の件数は分からない。

「誰よ。誰なの」

この陰湿なイタズラに苛立ちも芽生え始めた。

「いい加減にしてよ」

加奈の言葉に反発するように、またしても電話がかかってきた。

「誰！　いい加減にしてよ！」

電話をとって間髪を入れず怒声をはなったが、相変わらず電話の向こうからは何も聞こえない。うすら笑いを浮かべているようで怖かった。

「いい加減にして！」

ずっと何も聞こえないと思っていた。すると、

〈消えてよ〉

と、聞こえた気がする。

「え？」

聞こえるか聞こえないかくらいのくぐもった女の声は寂しそうだった。囁くように、〈消えてよ〉と聞こえた気がしたのだ。

「やだ」

加奈は咄嗟《とっさ》に電話を切ってベッドに投げ捨てた。

「な、何なの」

一回目、二回目と電話をとった時、何も聞こえないと思っていた。けれど、もしかしたら、それは聞こえなかっただけで、今と同じように女が囁いていたのではないか。

加奈の脳裏に淳子の言葉が蘇った。

『呪いの席って言われてるんだ』

そんなはずはない。ただのイタズラなのだから。だが、今の電話で淳子の言葉が真実味を帯びたのは確かだった。加奈はベッドに投げ捨てた携帯を手にとって、非通知拒否の設定に変えた。これなら安心だ。加奈は沙也加からもらったぬいぐるみの隣に、携帯を静かに置いた。が、その直後だった。再び携帯が鳴りだしたのだ。そんなはずはない、かかってくるはずはないのにと、液晶を確認した。

「……楓」

その文字に、加奈は安堵して、すぐに電話に出た。

「もしもし、楓？」

「うん。加奈、どう？　元気にしてる？」

額には、じっとりと汗がにじんでいる。

「う、うん……元気だよ」

「何か、あった？」

さすが昔からつき合っている親友だ。こちらの微《かす》かな異変に気がついたようだった。

「何でもないよ。どうして？」

「ううん。何となくそんな気がしたからさ」

「それよりどうしたの？　何かあった？」

「ううん、別に。加奈、どうしてるかなって思ったからさ」

「そっか。今ね、お風呂から出て自分の部屋でごろごろしてたところ」

「偶然だね。私もお風呂から出たところなんだ。そしたら加奈のことが気になってさ」

楓の優しさは嬉しかったが、噂話が頭から離れず、思いきって楓に訊いてみた。

「あのさ、楓」

「ん？」

「呪いの話って信じる？」

「呪いの話？　何それ」

「いや、例えば何々をしてその人が呪われたとか、ある席に座るとその人が呪われるとか。いろいろテレビとかでやってるじゃん」

そう訊くと楓はうーん、と小さく唸《うな》り、悩んでいるようだった。

「私は信じないかな」

その答えが加奈にとっては救いだった。

「そ、そうだよね」

「何？　やっぱり何かあったんじゃないの？」

なかった。何もなかった。あれはただのイタズラだ。偶然それが私の番号だったのだと、加奈は自分に言い聞かせた。

「ううん。何もないよ。ただ何となくさ」

「ふーん。変なの」

「ごめんごめん。変なこと訊いちゃって」

「それは別にいいけどさ。で、どうなの？　新しい学校は」

「うん。楽しいよ。友達もかなり増えたしね。みんないい人ばっかりだよ」

「よかったね。こっちは加奈がいなくなって寂しいけど、仕方ないよね。会おうと思えばすぐに会えるしさ」

「そうだね」

それからしばらく、二人は最近あった学校での出来事を語り合った。

「それじゃあ、また電話するわ。加奈も何かあったら電話かメールちょうだいよ」

「うん。分かった」

「じゃあね」

「うん、それじゃあね」

まだこの時、加奈はB組での奇妙な噂話を信じていたわけではない。ただ先ほどから続く気味の悪いイタズラ電話のせいで、不吉な予感がしていた……。

12

昨日の電話を除けば、加奈の周りでそれ以外、何も変わりはなかった。

登校途中で、後ろから淳子、圭輔、大輔の三人と合流し、四人で一緒に遅刻ギリギリに校門をくぐった。

しかし、もし非通知拒否設定を解除したら、また気味の悪い電話がかかってくるのではないかという不安や、本当は今も自分の携帯にかけてきているのではないかという思いが芽生え、学校生活を心から楽しめなくなっていた。

「おはよう」

「おはよう、沙也加。昨日はぬいぐるみをありがとう。早速自分の部屋に飾ってるよ」

そう言うと彼女は優しい笑顔を見せた。

「気に入ってもらえて嬉しいよ。取った甲斐《かい》があった」

「また、かわいいの取ったらちょうだいね」

冗談を言って、無理に明るさを装っている自分がいることに加奈は気がついていた。

「うん。いいよ」

そこでちょうどチャイムが鳴り、ホームルームが始まろうとしていた。

ホームルームを終え、B組の教室から出た市村は、瀬戸加奈のことを考えていた。噂の席に座っている彼女は、昨日までの明るさと違って、少し翳《かげ》りがあった気がする。出席をとる時に声をかけてみたが、首を振るだけだった。

昼休みを職員室で過ごしている時も、気になって仕方がなかった。

何もなければいいのだがと内心呟いていると、後ろで声がした。

「市村先生」

振り返ると山田が立っていた。

「どうしました、暗い顔して」

「ええ、まあちょっと」

「瀬戸加奈のこと？」

あっさりと当てられてしまい、ごまかしもできなかった。

「気になって仕方がないんでしょう」

「ええ、何もなければいいんですがね」

「ここじゃ何だから、場所を変えませんか？」

大事な話があるのだろうと予測がついた。

「分かりました」

職員室を出た市村は、山田の後ろに黙って続いた。

山田が向かったのは屋上だった。風が強かったが、そこからは渋谷の町が一望できる。生徒は立ち入り禁止なので、ここなら安心して話し合えると山田は考えたのだろう。

「こんなことを言うのは無責任かもしれないが、僕が一昨日《おととい》、市村先生に話をしたばっかりに、余計な心配をかけているんじゃないかと思ってね」

「いえ、そんなことはないんですが」

「何か、あったの？」

「いえ、分かりません。ただ瀬戸加奈の様子が昨日と違う気がするんです。考えすぎかもしれませんが、ちょっと心配になりまして。それに瀬戸自身はただの噂話にすぎないと思っていて、裏であった悪質な嫌がらせについては多分知らないと思うんです」

「心配だな」

「ええ」

「先生は今、瀬戸加奈の様子が昨日と違うと言ったけど、昨日まではどんな感じだった？」

「そうですね、ひと言で言えば明るい生徒です。もう友達もできたようで、新しい学校生活を楽しんでいるように思えました」

「確かにそうだな。僕も昨日の授業でそう思った」

「それと何か関係が？」

「いや、行方不明の関綾乃を除いて、例の二人も、初めの頃は明るかったと早川先生も言っていたんだ。だが突然、仙道も鈴木も思い詰めたような表情になって、何を訊いても答えてくれなくなったそうだ。だから、なぜあんなことになったのか自分には分からないと」

山田の話を聞き、市村は更に不安になった。

「そ、それじゃあ山田先生は、今の瀬戸がまさにそうだとおっしゃるのですか？　すでに誰かから嫌がらせを？」

「それは分からない」

「それなら僕はどうしたらいいんでしょうか？」

情けない声で市村は山田にすがる。

「今は様子を見るしかないようだな」

「そうですね」

「だが、もし何かあったら君が瀬戸を守るんだ。それだけは分かってくれ」

「はい。分かってます」

二人はこの時からすでに、嫌な予感を覚え始めていた。

13

加奈は淳子たちの前で必死に笑顔を作っていた。変な電話はかかってこなくなったが、噂話のことがある。加奈の中でも不安が徐々に大きくなり始めていた。

「どうかしたのか？」

大輔の声に、加奈はハッとした。

「う、ううん。何でもない」

せっかくできた友達に気を遣わせたくなくて、明るい自分を装い続けていた。それでも考えごとから抜け出せずにいた。

三人と別れた加奈の表情は沈んだ。それでも、そうよ気のせいよと自分で自分を納得させて再び歩きだした。

玄関を入ると、その音に反応したウララが走ってきた。

「お姉ちゃん、お帰りなさい」

「ただいま」

「またピアノやろうよ」

ウララのこの言葉が、どれだけ今の気持ちを紛らわせてくれているかと加奈は思った。

「うん。いいよ。それじゃあちょっと待ってて。お姉ちゃん、鞄置いたらすぐに下へ行くから」

「うん。分かった！」

元気よく声を上げたウララはリビングに駆けていった。今度は多恵が玄関にやってきた。

「お帰りなさい」

「ただいま」

「加奈宛に郵便が来てるわよ。お手紙かしらね」

「手紙？」

誰だろう。

「どこにあるの？」

「ちょっと待ってて。持ってくるから」

靴を脱いでいると、多恵が手紙を手にして戻ってきた。

「はい、これよ」

多恵は切手が貼られた茶色い郵便物を加奈に差し出した。

「ありがとう」

『瀬戸加奈様』と書かれたその中身は固く、手紙ではないようだが、特に差出人の確認はしなかった。ひとまず自分の部屋に行き、明かりもつけずにベッドに鞄を置いて、手に持っている中身の分からない郵便の裏を確認した。が、そこには何も書かれていなかった。

「誰からだろう……」

親友の楓からでないことだけは確かだ。それなら誰が……。加奈は茶色い封筒をビリビリと破っていく。心臓の音が、聞こえてきそうだ。嫌な想像しか浮かんでこない。そして、中身を取り出した加奈の表情は、一瞬にして強張《こわば》った。

「何よ……これ」

自分ばかりが写っている写真を目にして、加奈は掠《かす》れた声を洩らした。

「何なのよこれ。私ばっかり。これもこれもこれもこれも」

十枚ほど入っていた写真には全て加奈が写っており、ウララと一緒に歩いているものから、ウララと別れ一人で歩いているところ、淳子たちに呼ばれて振り返るところや門をくぐるところまでが写っている。さらには市村に呼び出された後、学校から一人で出てきた写真。顔のアップ。後ろ姿。帰宅するまでの写真。しかし、何より加奈を震わせた写真が一枚あった。それは自分の部屋にいる加奈を写したものだった。急いで窓に向かい、外を確認する。が、誰もいない。加奈はカーテンを勢いよく閉めた。途端に外の明かりが遮断され、部屋の中が暗くなった。

見られている。自分は見知らぬ誰かにずっと見られていると思うと、落ち着かないと同時に気分が悪くなってきた。

ただの悪質なイタズラだ。非通知の電話もこの写真もイタズラだ。いや、もうここまでくるとイタズラなどでは済まされない。どうして私が。

『呪いの席って言われてるんだ』

「まさか……」

加奈はベッドに尻餅《しりもち》をついた。呪いではない。これはただのイタズラだ。嫌がらせだ。手には送られてきた写真がまだしっかりと握られていた。掌《てのひら》は汗でビッショリだった。

14

それから二、三時間が経過していた。加奈は部屋にずっと閉じこもっていた。送られてきた写真は気持ち悪くて二度と見られず、親の目に触れないように、机の引き出しの中に乱暴にしまってある。

あの後、ウララが待ちきれずに部屋にやってきたのだが、一人にさせてと加奈はピアノを弾くのを断った。当然、ピアノどころではなかった。

具合が悪いと夕食も食べなかった。とても食べる気にはなれなかった。加奈は部屋に閉じこもったまま、電気もつけずに、どうして自分がどうして自分がと、それぱかりを考えていた。

今も外に誰かがいるかもしれない。そう思うと加奈は怖くて怖くて仕方がなかった。それでも冷静になって考えてみた。

まず最初に、どうして自分がこんな嫌がらせを受けなければならないのか。そして、これがあの奇妙な噂と繋《つな》がっているのかどうか。しかし、これは呪いではない。明らかに人間が計画的に行っていることだ。それならどうして自分が……。

その時、ある考えが脳裏をよぎった。これまで不幸になっている三人も、同じ嫌がらせを受けていたのではないだろうか。淳子の言っていた噂話はあくまで噂であって、実際は呪いでも何でもなく、誰かの手によって悪質な嫌がらせがあったのではないか。理由は分からないが、そのせいで一人は行方不明に、一人は精神的な病に、そしてもう一人は自殺までしてしまったのではないか。

初めはただの偶然だと思っていた。だが改めて考えてみると、やはり不自然だ。これまで不幸になっている三人の座っていた席が同じということが。だとしたら偶然ではなく必然の被害だ。そして、その席に今自分が座っている。現実に今こうして被害を受けている。いずれ自分も三人と同じになってしまうのではないか。

そう思うと、これからの生活が怖くなり始めた。これが噂と関係しているにしてもいないにしても、現実に自分は見知らぬ誰かに見られている。もしかしたら今も。いや、これからもっと酷い嫌がらせが続くのではないかと思うと、怖くてたまらなかった……。

15

翌日、目が覚めても加奈はカーテンを開けられなかった。誰かに見られているという妄想が頭から離れなかったのだ。

顔を洗っている時も歯を磨いている時も、朝食を摂っている時も、そして家を出る時も、その思いは消えなかった。

「行ってらっしゃい」

「行ってきます」

「加奈？　どうしたの？」

心配そうな多恵に、加奈は平静を装った。

「ううん。何でもない。行ってきます」

「はい、行ってらっしゃい」

玄関を開けた途端、まず辺りに目をやった。誰かが自分を見ている気がして、たまらなかった。

「どうしたの、お姉ちゃん。早く行こうよ」

ウララの声にハッとした。

「う、うん。行こう」

登校中、ウララに話しかけられても、加奈は真剣に聞いてやることができなかった。気がつけばウララが一人で喋り続けていた。

そしていつもの道で二人は別れた。

「気をつけてね」

「うん」

ウララは頷いて歩いていった。そしてその後ろ姿をしばらく見送った後、加奈は一人で学校に向かったのだった。

一人になると更に不安は高まり、落ち着かない様子で辺りを何度も何度も確認しながら歩いた。それを繰り返していると、今度はカメラのシャッターをきる音が幻聴となって聞こえてきた。加奈は精神的に弱いほうではないが、さすがにまいっていた。

多少気持ちが楽になったのは、後ろから淳子たちの声が聞こえてからだった。ただ、今日は笑顔を作ることもできなかった。いつもと様子が違うのが三人にも分かったようだった。

「どうかしたの？　元気ないよ」

淳子にそう言われ、加奈は否定できなかった。

「う、うん。ちょっとね」

「何かあった？　相談に乗るよ」

本当は全てを話して楽になりたかった。でも話せなかった。

「ううん。何でもない」

加奈はこの問題を一人で抱え込んでいた。

チャイムが鳴ると市村が教室に入ってきた。ホームルームの間も、加奈は考え続けていた。この日の朝も誰かにつけ回されていたのではないか。こっそり、写真を撮られていたのではないか。

「瀬戸」

そして今日も、写真が家に送りつけられるのではないか。

「瀬戸」

加奈の耳には、市村の声が全く届いていなかった。

「どうした？　瀬戸」

いつの間にか市村が目の前に立っていたことに驚きながら、何とか返事をした。

「い、いいえ、何でもありません」

「そ、そうか」

そう言って市村は出席をとり始めた。

ホームルームが終了し、授業に入っても、加奈は一人で深く考え込んでいた。勉強など手につくはずもなく、嫌なことばかりが頭の中を駆けめぐる。

四時間目が終了する頃、加奈の体調は悪くなっていた。教室内の喧騒が、体のだるさに追い討ちをかけるようだ。

いつもなら淳子や圭輔、そして大輔の三人と弁当を食べるのだが、そんな気にはなれなかった。

今日は早退しようと決めて、鞄を手に持ち教室を出ようとすると、淳子が声をかけてきた。

「どうしたの？」

加奈は無理に微笑んだ。

「今日は早退する。ちょっと具合が悪いんだ」

「大丈夫？」

「うん。平気。大丈夫」

「それならいいんだけど」

「それじゃあ、先に帰るね」

「うん。また明日ね。お大事に」

加奈は教室を出ると階段を下り、早退を告げに職員室に向かった。

廊下は生徒たちの声で騒がしかった。加奈は職員室の扉の前に立ち、中には聞こえないくらいの小さなノックを二回ほどして扉を開いた。

「失礼します。市村先生はいらっしゃいますか？」

加奈に気がついた山田がやってきた。

「市村先生は、まだ授業から帰ってきてないんじゃないのかな」

「そうですか」

「どうした？　顔色悪いぞ」

「いえ、あの、早退しようと思って」

そう答えると、山田は心配そうに言った。

「具合でも悪いのか？」

「ええ、少し」

山田はちょっと考えてから口を開いた。

「分かった。僕から市村先生に言っておくよ」

「はい。お願いします」

加奈は山田に頭を下げると、肩を落として下駄箱に向かった。背中に山田の視線を感じたが、振り返らなかった。

校舎を出たところで、体育倉庫から疲れた様子で出てくる市村が目に入ったが、こちらに気づいている様子はなかったので、加奈はそのまま校門に向かい、俯《うつむ》きながら帰宅したのだった。

16

インターホンを押したが、家には誰もいなかった。多恵はパートで、ウララもまだ学校だろう。加奈は合鍵で家の中に入った。しかし、扉を開ける時になって辺りが気になり、振り返った。誰もいない。それでもどこかから見られているのではないかと加奈は不安だった。

その時、嫌なものが目に入った。

ポストだ。

昨日のことが脳裏をよぎる。

怖かったが、恐る恐るポストを開けてみた。中には郵便物がいくつも入っている。それを取り出すには、決心が必要だった。加奈は郵便物をまとめて取り出し、一旦家の中に入り扉を閉めた。

リビングに向かい、手に持っていた郵便物をテーブルに置いて、確認した。定形外の郵便物が上に重なっていたので下の郵便物が隠れていた。それをどけると今度は五、六通の郵便物。見えてしまった。

その中から見えてしまった。

『瀬戸加奈様』と書かれた差出人名のない郵便物が見えてしまったのだ。加奈の頭の中で瞬時に昨日のことがフラッシュバックする。中身は写真だ。自分ばかりが写っている写真だ。

今にも床にくずおれそうだった。

しかし、その郵便がどうしても気になり、再び手に取って中身を確認した。深いため息が出る。中に入ってる写真の枚数は、昨日の倍以上になっている。目、鼻、口など、昨日よりも顔の一部が詳細に写されているものもある。加奈は途中でそれらをテーブルに投げつけた。

写真が、トランプのようにテーブルに広がった。それを呆然《ぼうぜん》と眺めていると、静かな室内に電話が鳴り響いた。その音にさえ恐怖を感じる。

またあの嫌がらせ電話ではないだろうか。電話に出るのを一度はやめた。だが、一向にやむ気配がないので、やむを得ず加奈は受話器を取った。

「……もしもし」

「瀬戸か？」

市村だと分かって、加奈は心底安心した。

「はい、そうです」

「大丈夫か？　山田先生から聞いたけど具合が悪いのか？」

「ええ、ちょっと」

「そうか」

「……先生？」

「どうした？」

「あの、明日一日、学校を休みたいんですけど」

加奈は外に出ることが怖くなっていた。

「休むってお前、そんなに具合が悪いのか？」

それほどではない。だが本当に外に出るのが怖くなっていた。

「は、はい」

市村は電話の向こうで考えている様子だ。

「まあ、それなら仕方ないが」

「すみません。心配をかけてしまって」

「いや、そんなことはいいんだが……瀬戸」

「はい？」

「本当は、何かあったんじゃないのか？」

加奈はテーブルに広がる写真に目をやった。

「どうなんだ？」

「いえ、何もありません」

「本当なのか？」

「すみません。失礼します」

強引に市村との会話を断ち切り、受話器を戻すと、目に涙が溢《あふ》れてきた。新しい場所に越してきて、楽しい生活が待っていると思っていたのに……。涙が止まらなかった。加奈は泣きながらテーブルに広がった写真を集め、それを手に自分の部屋に駆け込んだ。

写真を机の中にしまおうと引き出しを強く引くと、昨日送られてきた写真が更に加奈を追い込む。

「もう、やめて」

加奈はこの日送られてきた写真をしまい、引き出しを強く閉めた。


それからしばらくすると、多恵が帰ってきた。郵便物がテーブルに置いてあるのを見て、加奈かウララが帰ってきているのが分かったのだろう、階段を上る音が部屋にいても聞こえてきた。

「加奈？　帰ってるの？　開けるわよ」

そこで加奈はベッドから上半身だけを起こし、いかにも今起きた様子を装った。

「お帰りなさい」

「どうしたの？　こんなに早く。学校は？」

「早退した。具合が悪かったから」

「あら、そう。それで大丈夫なの？」

「うん。平気。でも念のために明日も休むことにした」

「病院に行ったほうがいいいんじゃないの？」

「うん。でも大丈夫だから、心配しないで」

「それならいいんだけど……」

「平気だから」

「それじゃあ今日はぐっすり休んで、明日学校に行けるようならちゃんと行きなさいよ」

「分かってる」

「夕食の仕度ができたら呼ぶから下りてきなさい」

「分かった」

扉が閉まり、一人になった途端、無理に作っていた微かな笑みも同時に消えた。

次に帰ってきたのはウララで、多恵に姉の事情を聞いたのだろう。部屋に来ることなく、一人でピアノを弾き始めたようだ。その音色を聞いているうちに、加奈は暗闇の奥へと吸い込まれていった。


数時間後、多恵の声で加奈は目を覚ました。いつの間にか眠ってしまっていたようだ。

「何？」

「夕飯の仕度ができたわよ」

「分かった。今行く」

ベッドから起き上がって一階に下りると、テーブルにはすでに夕食が並べられていた。

「お姉ちゃん、大丈夫？」

「大丈夫だよ」

「よかった。それより見てよ。今日はウララがご飯の仕度を手伝ったんだ」

加奈は無理に笑みを作った。

「そう。偉かったわね。よくできました」

誉めるとウララは照れくさそうに微笑んだ。

「それより具合はどう？」

多恵にそう訊かれ、加奈は心配させまいとこう言った。

「うん。さっきよりは楽になったかもしれない。でもまだちょっとだるいかな」

「それならちゃんと食べなきゃね。お粥にしたから、大丈夫でしょ？」

「うん。大丈夫」

いつものようにウララは明るく、瀬戸家が賑やかなのだけが救いだった。

17

翌日、目が覚めても加奈はベッドから起き上がろうとはしなかった。体調はよくなっているし、学校にも行けるはずだった。しかし、体と心は違う。加奈は外に出る気になれなかった。また自分はつけ回される。見知らぬ誰かに見られ続けている。そればかりが脳裏を駆けめぐり、どうしても外出できなかった。正直怖かったのだ。仕方なく、この日は学校を休むことにした。

多恵が階段を上ってくる音が聞こえた。

「加奈、もう時間よ。起きているの？　加奈、開けるわよ」

返事をする前に扉は開かれた。

「もう時間よ。そろそろ起きないと」

加奈はだるそうに言葉を返す。

「お母さん、今日はやっぱり学校休む」

「辛いの？」

「うん」

「それならそれで、病院へ行きなさい。いつまで経ってもよくならないわよ」

「いい。病院へは行かない」

外に出ることに加奈は過剰反応を示していた。多恵はその様子に驚いたようだ。

「どうしたの？」

加奈は顔を背けた。

「……別に」

「本当は何かあったんじゃないの？」

「何にもないよ」

寂しそうな口調でそう答える。多恵は息を吐いて、こう言った。

「分かったわ。学校にはお母さんが連絡しておくから。それでいい？」

加奈は無言のまま頷き、薄い毛布を被った。多恵もそれ以上は何も言わずに部屋から出ていった。

このままではいけないと自分でも分かっていた。だが、自分一人ではどうすることもできない。いずれは誰かに話し、解決しなければならないことも分かっている。それでもまさか自分に限って……というショック。そして誰かに見られ続けている恐怖に怯える今、誰にも話すことはできなかった。

助けて、と加奈は心の中で強く叫び続けていた。

昼を過ぎても加奈は部屋から一歩も出なかった。多恵はパート、ウララは学校からまだ帰ってこないので、加奈は本当に独りぼっちになっていた。

バイクの音が断続的に聞こえてきた。郵便配達が来たようだ。

家の前で音が止まり、少ししてから動きだす音が聞こえた。また昨日の自分が写真となって現れるのではないか。何枚も何十枚も送られてきたのではないか。

「いや」

頭を激しく振った後、再び毛布を被って身を包んだ。ちょっと外に出るのも怖かった。ポストの中を確認するなどとてもできない。

午後二時を過ぎた頃だろうか、先に家の扉を開けたのは多恵だった。多恵は食事の時に言っていた。いい人たちばかりで楽しくやっていると。静岡にいた頃は専業主婦で買い物以外はあまり外に出ない人だったが、東京に越してきて自分の好きなことをして、のびのびと楽しんでいるようだった。ウララもそうだ。友達がいっぱいいて、学校がすごく楽しいと、毎日のように明るく語る。

そして加奈は繰り返していた。自分はどうだ。自分はどうだと。自分から学校に行くことを拒んでいるなんて。

静岡にいた頃はそんなこと、一度もなかった。

毎日が楽しくて楽しくて仕方なかった。日曜日なんていらないと思っていた。それが今は……。

「加奈、ただいま」

多恵が部屋の扉を開けて帰りを告げた。

「お帰り」

「どう？　具合は」

加奈は戸惑いを隠せなかった。

「う、うん。まあ何とか大丈夫」

「そう。それならよかったわ。それより加奈、また郵便が来てるわよ」

多恵の言葉を聞いた瞬間、心臓の動きが異常に早くなった。冷たいものが体中を駆けめぐる。

「ほら」

多恵が手にしていた茶色い郵便物を見て、吐きそうになった。

「どうしたの？」

加奈は動揺を必死に隠す。

「ううん、何でもない。それより早くそれちょうだい」

「はいはい」

ベッドの上で郵便物を受け取り、差出人を確認するが、何も書かれてはいない。これは写真だと、確信していた。

「ねえねえ、一体誰からなの？　この前も来てたでしょ。もしかしてボーイフレンド？」

多恵の冷やかしに、加奈は苦笑いを浮かべた。

「や、やだ。そんなんじゃないよ」

「じゃあ誰よ」

「いいでしょ、そんなこと」

「はいはい」

多恵はすっかりボーイフレンドからの手紙だと思い込んでいるようだった。自分の娘がどんな状況に置かれているか知らないとはいえ、呑気なものだ。

多恵が部屋から出ると、加奈は差出人の名前が書かれていない茶色い郵便物を両手で持ちながら、それをずっと見つめていた。中身が分かっている分、少しは冷静になれた。ただ、自分は誰かに見られ続けている。こんなことがいつまで続くのだろうと思うと、頭がおかしくなりそうだった。そして自分が自分でなくなってしまいそうで、怖かった。

「……どうして」

郵便物を見つめながら加奈は辛そうに言葉を洩らした。

今手にしている郵便物を捨ててもよかった。だが、捨てたからって、嫌がらせが終わるわけではない。

加奈は封筒を破り、中の写真を全て取り出した。今日は一歩も外には出ていない。これは昨日撮った写真だとすぐに分かった。下を向いて歩く自分や、辺りをキョロキョロと確認している自分が二十枚ほど入っていた。それを見ているうちに次第に怒りが湧《わ》いてきた。これまでは気味悪くて怖いという思いが勝っていた。だがしつこく続くこの嫌がらせに我慢しきれず、加奈は怒りを爆発させた。

「いい加減にして！」

全ての写真を確認せず、手に持っていた二十枚ほどの写真を天井に向かって投げ捨てた。宙に舞った写真は一枚一枚広がってパラパラパラパラと絨毯《じゅうたん》に落ちていく。その様子を加奈は呆然と見つめていた。

部屋中が自分の写真で埋まっていく。加奈はばらまかれた写真を一つひとつ目で追っていく。自分。自分。自分。自分。もう頭が狂いそうになっていた。どこを見回しても自分だらけ。そのはずだった。

しかし加奈は、ふと目にとまった一枚の写真に釘付けとなった。これまで送られてきた写真とは明らかに様子が違う。嫌な予感を覚えた加奈はベッドから起き上がり、その写真を拾い上げた。

「何……これ」

写っている人物は加奈ではなかった。高校生ぐらいの少女が茶色で統一されたマンションの屋上に立っていた。それも、後一歩踏み出せば落ちてしまうくらいギリギリの位置に立っている。

「何これ」

言葉を震わせながらその写真を手にして、ばらまかれた写真を全て確認する。そして、沙也加からもらったぬいぐるみが置いてあるガラステーブルの下に落ちていた裏向きの写真を表にした瞬間、加奈は思わず悲鳴を上げた。

「嘘でしょ」

マンションの屋上に立っていた少女が飛び降りた瞬間の写真が目に飛び込んできた。全身に震えが走る。まさかと思い、加奈は残りの写真を確認した。やはり最後にもう一枚。その女の子が地面に叩《たた》きつけられた写真だった。恐ろしさのあまり加奈は言葉を失った。全身から力が抜けていき、写真がスッと手から絨毯に落ちた。

しばらく写真を見つめているうちに加奈は確信していた。この少女は今の自分の席に座っていた少女だと。そして不幸になった三人のうちの一人で、自殺した生徒というのがこの生徒だということを。やはりこの生徒も自分と同じ嫌がらせを受けていた。後の二人もきっとそうだ。その確信が更に加奈を怯えさせた。まさか自分にもこの生徒と同じ運命が待っているのではないかと思うと、震えが止まらなくなった。

どうしてあそこの席に座っただけで、こんな嫌がらせを受けなければならないのか。理由など分からないが、こうなってしまった運命を呪った。

あれから、多恵にもウララにも扉の向こうから声をかけられたが、加奈は一度も返事をしなかった。放心状態のまま、ばらまかれた写真を見つめていた。無論、部屋の鍵はかけたままだった。こんなところを見られるわけにはいかない。

それが六時半を過ぎた頃であろうか、加奈の耳にインターホンの音が聞こえてきた。気にしないでいると、やがて階段を上ってくる音が聞こえてきた。

「加奈？　加奈？」

「ど、どうしたの？」

「担任の市村先生が来てくださったわよ」

これには加奈も心底驚いた。先生が？　と、小さくそう洩らし、何の用、と冷たく言った。

「心配して来てくださったんでしょ。顔くらい出しなさい」

「いいよ。大丈夫だって言っておいて」

そう返すと多恵の怒声が聞こえてきた。

「いい加減にしなさい！　いいから早く出てきなさい」

本気で怒っている多恵にこれ以上抵抗できなかった。

「わ、分かったわよ。そのかわり、私の部屋に来てもらって」

市村に全ての事情を話してしまおうか。

「分かったわ」

そう言って多恵は下におりたようだった。その間に加奈は、ばらまいた写真を全て集めて机の引き出しにしまった。

それからしばらくして、市村と多恵が階段を上りながら喋る声が聞こえてきた。その間に加奈は鍵を開けておいた。

「加奈？　開けるわよ」

「うん」

「さあ、どうぞ先生」

「すみませんどうも。失礼します」

頭を下げながら市村が部屋に入ってきた。

「おう瀬戸。どうだ？　具合は」

加奈はだるそうに頷いた。

「ええ、まあ」

「今コーヒーでもいれますのでごゆっくり」

「いえ、すぐに帰りますので、どうぞお構いなく」

「コーヒーくらい飲んでいってくださいよ。美味《おい》しいの、今いれてきますから」

市村は申し訳なさそうに頭を下げた。

「すみません。それじゃあお願いします」

「はい、今すぐ」

そう言って、多恵は部屋から出ていった。扉が閉まった途端、妙に重たい空気が流れ始めた。それを紛らわすように、市村は部屋を見回しながらこう言った。

「やっぱり女の子って感じの部屋だな。ぬいぐるみ好きなのか？」

そんなこと、どうでもいい。これが市村の本題ではないことも分かっている。

「ええ、まあ」

「それより、大丈夫なのか、体調は？　心配したんだぞ。クラスのみんなだって心配してるぞ」

「どうも、ご心配おかけしてすみませんでした」

「いや、謝ることはないよ。誰にでもあることだ」

「はい」

そこで市村の表情が真顔に変わった。

「先生が心配しているのは……」

タイミング悪く、ノックの音とともに、お盆に二つのコーヒーカップを載せた多恵が戻ってきた。

「はいどうぞ。熱いですから気をつけてくださいね」

「あ、これはどうもすみません」

「はい、加奈も飲むでしょ」

「ありがと」

加奈は熱いコーヒーカップを受け取った。

「それじゃあ、先生ごゆっくり」

多恵は扉を閉めて出ていった。

「明るいお母さんだな」

そう言って市村はコーヒーを一口飲んだ。が、相当熱かったのだろう。慌てて唇からカップを離した。

加奈は一口も飲まずにコーヒーカップをテーブルに置いた。しばらく間をおいて、市村が口を開いた。

「話の続きなんだがな、あれからずっと気になっていたんだ。B組の噂話のことだ。そりゃあ先生だって、何もなければそれにこしたことはないと思っている。でもお前の様子が少しおかしかっただろう。何かあったんじゃないかと思ってな」

加奈は下を向きっぱなしで返事をしなかった。

「本当は何かあったんじゃないのか？　体調が悪いっていうのは嘘で、他に理由があるんじゃないのか？」

写真が脳裏をかすめる。

「どうなんだ？　先生だけには教えてくれないか。もし何かあったんだとしたら、先生、ほっとけないぞ。先生はお前を守ってやらなきゃならない」

市村の優しい言葉を聞きながら、加奈は思い返していた。妙なイタズラ電話から始まり、自分ばかりが写っている写真を送りつけられ、挙げ句の果てには女子生徒がマンションの屋上から飛び降り自殺する瞬間の写真まで送りつけられたことを。張りつめていた糸が、段々緩んでいく。

「一人で悩むな。先生がついているだろう」

その言葉に、加奈はとうとう耐えきれなくなった。

「……先生」

目から涙が溢れ出し、それは絨毯にポツリポツリと落ちていく。

「やはり、何かあったんだな？」

加奈は涙をこぼしながら、何も言わずに頷いた。

18

「何だ……これは」

市村の口から思わず言葉が洩れた。これが山田先生の言っていたことか。

加奈はこの三日間、自分に送りつけられてきたものを市村に見せた。その前に、しつこいイタズラ電話があったことも、電話を取ると微かに女の声がしたことも、全て話した。

「酷いな」

あそこの席に座っていただろうと思われる女子生徒が写っている写真も市村は目にした。

「酷い。酷すぎる。山田先生が言っていたとおりだ。一体誰がこんなこと」

「分かりません」

「どうしてすぐに言わなかった？　こんなことがずっと続いていたら、お前が壊れてしまうところだったんだぞ」

「ごめんなさい」

それから互いに黙り込み、市村は写真を一枚一枚めくっていった。

「俺のほうも悪かった。山田先生から聞いていたんだ。これまであそこの席に座っていた三人のうち、二人が嫌がらせを受けていたと。それは生徒たちも知っている。問題になったらしいからな。だからあの噂話というのは、呪いでも何でもない。ただ生徒たちが勝手に作って奇妙な話にしているだけだ。でも、そんなことをお前に言って、必要以上に動揺させたくなかったんだ。だから黙っていた。しかし、実際こんな嫌がらせを受けるとは」

やはり自分の考えは正しかったと、市村の言葉を聞いて分かった。そして一つの疑問を抱いた。みんなが知っているにもかかわらず、あそこの席に座った生徒が不幸になる理由が分からない、と淳子は言ったのだ。

「それでその、もう一人は？」

「そこが謎なんだ。関綾乃という生徒らしいんだが、行方不明でな。彼女は一年生の初めからいたらしいんだが、彼女だけはなぜか嫌がらせを受けてはいないらしいんだ」

「それじゃあどうして私たちだけが」

「分からん。何かあるとしか思えない」

「何かっていうと？」

訊かれて市村は腕を組み、考えている様子だった。

「例えば、あそこの席に誰かが恨みを持っているとか、座らせたくない理由があるとか」

「まさかそんな」

「まあ今のは、例えばの話だ。だが必ず理由があるはずなんだ」

加奈は、確かにと呟いた。そうでなければこんなことまでしてこないだろう。

「なあ瀬戸」

「はい」

「何か心当たりとかないのか？　小さなことでもいいんだ。何か思い出してくれ」

「心当たりですか……そう言われても」

「分かった。それじゃあそうだな。教室に入ってからのことを一から教えてくれないか」

「教室に入ってからですか？　一番初めに入ったのは先生とでしたよね」

「ああ、そうだな。そこで一緒に自己紹介をした」

「最初に受けた印象は何だか重い空気で、今思えば、私があそこの席に座る瞬間、クラス中の視線を感じたような気がしたんです」

「まあ噂の席だしな」

「それで確か始業式を行うために体育館へ行って、その時はまだ誰からも話しかけられませんでした。で、始業式を終えてロングホームルームでしたよね。それが終わって、一人で帰ろうとしたんです。そうしたらクラスの川上さんと沖君と井上君に声をかけられたんです」

「それで？」

「カラオケに誘われました」

「四人で行ったのか？」

「違います。十五人くらいはいたのかな、川上さんたちが集めてくれて。そう、委員長の本城さんも来てくれました」

「どんなことを話した？」

「どんなことといっても、普通のことですよ。趣味とか前の学校のこととか、あと携帯番号を交換したり、結局、何時間ぐらいいたんだろう。相当な時間をみんなで過ごしました」

「それで終わりか？」

「いえ、帰りは川上さんと一緒でした。そこで初めてB組の噂話を聞かされたんです」

「内容は？」

「呪いの席だということと、過去に三人も不幸になっていることを聞かされました。初めは全然気にしませんでした。でも携帯に気味の悪いイタズラ電話がかかってき始めて、非通知拒否に設定したんですけど、今度は写真を送りつけられて」

　市村は何度か頷いた後、

「そうか……」

　と呟いた。

「でもどうしてクラスでの出来事を訊いたんですか？」

　そう尋ねても、市村は何も答えなかった。

「先生まさか、嫌がらせをしている人間がクラスの中にいるとでもいうんですか？」

「可能性はある」

「本当にそう思っているんですか？」

「ああ、思っている」

「どうしてそう思うんです？」

「まず一つに、クラス替えがないということ。B組では、一年の終わりから関綾乃という生徒が行方不明になるという事件が起こっている。それから、あそこの席に座った二人の生徒には嫌がらせが続いていたんだ。嫌がらせをしていたのはおそらく同一人物。そして今回もな。やはり何らかの理由がその人間にはある。それはクラスのことを昔からよく分かっている人物。要するにB組の生徒だ。それが一つ」

「もう一つは？」

「イタズラ電話だ」

「イタズラ電話？」

「さっき、携帯番号を交換したと言っていたろ。それから気味の悪いイタズラ電話が始まった。そうだよな？」

「はい」

「転校してからクラス以外の人間に番号は？」

「いえ、教えていません」

「だとしたらやはり、犯人といっていいのか分からないが、犯人は番号を教えた人間の中にいる。もしくは、番号を聞いた誰かが嫌がらせをする人間に教えたか、そのどっちかだな」

「それじゃあ本当にクラスの中に」

加奈は信じられなかった。考えたくはないが、今まで仲よくしていた淳子や圭輔や大輔たちが自分に嫌がらせをしている可能性もあるのだから。

「私、これからどうすればいいんですか？」

自分がこれからどうすればいいのか本当に分からなくなっていた。

「まずは瀬戸自身が強くなることだ」

「私自身が強く？」

「ああ、おそらく嫌がらせはまだ続くだろう。だがな、そんなのに負けたら瀬戸自身が壊れてしまう。いいか？　お前には先生がついている。だから決してこんな嫌がらせなんかには負けないでくれ。そして一緒に解決するんだ。分かるな？」

そのとおりだと加奈は思った。確かにこれからが怖い。だからといってそれに負ければ自分自身が駄目になる。負けては駄目なんだと心の中で強く誓った。

「分かりました」

「よし、それでいい」

「でもどうやって解決するんです？」

「問題はそこだ。犯人探しなんてクラスでやっても埒《らち》があかないだろうし、やはり自分たちで解決するしかないようだな」

「どうしましょうか」

「そうだな。まず過去をたどっていったほうがいいかもしれない」

「過去……ですか」

「そうだ。実際に不幸な目に遭った三人の生徒のことを調べていけば何か分かるかもしれない」

「でも、どうやってそれを調べるんですか？」

「早速明日、不幸な目に遭った彼女たちの家に行ってみようと思う」

「それなら私も行きます」

「いや、俺一人で行ったほうがいい。何となくそんな気がする」

加奈は首を横に振った。

「これは私の問題でもあるんです。だから私も一緒に行きます」

市村は仕方ないだろうというように了解してくれた。

「分かった。それなら一緒に行こう。だがいいか？　このことはクラスの誰にも喋るなよ。もし本当に犯人がクラスの中にいるんだとしたら、何をしてくるか分からないぞ」

「分かりました」

「よし、それじゃあ今日はゆっくり休め。俺もこれで帰るよ。あまり長すぎるとお母さんにも不審に思われるからな」

「はい」

「よし、それじゃあ、明日からはちゃんと学校へ来いよ。もう何があっても気にするな。もし何かあったらすぐに俺に言ってこい。家族にだけは心配させるな。分かったな」

加奈は力強く返事をした。

「それじゃあな」

「私、下まで送ります」

「そうか、じゃあ玄関まで頼むよ」

部屋を出る際、市村はこう呟いた。

「まさか、こんなことになるなんてな……」

階段を下りる音が聞こえたのか、多恵が玄関にやってきた。

「あら先生、お帰りですか？」

「ええ、おじゃましました」

「いえいえ、またいつでもいらしてくださいね」

ありがとうございます、と市村は多恵に軽く頭を下げた。

「それじゃあ瀬戸。明日また学校でな」

「はい」

二人は多恵の前では平和な様子を装っていた。

「それじゃあ失礼します」

最後に二人は視線を合わせた。扉が閉まってもしばらく加奈は玄関に立ち尽くしていた。

「加奈？　どうしたの？」

多恵に声をかけられ、我に返った。

「う、ううん。何でもない」

「でも、いい先生でよかったわね」

「そうだね」

不安なのは今も変わらなかった。でも市村の言葉で加奈の中に勇気が出てきたのも確かだった。これからは何があっても負けない、負けてはならないのだと強く誓った。そして、全てを解決しなければならないのだと。

こうして市村と加奈はB組の噂の真相を知るため、過去に足を踏み込もうとしていた……。

過去

1

始業式から六日目の朝、土曜日を迎えていた。

また新しい日々がこれから始まるような心境だった。だがそれは決して新鮮なものではなく、気持ちを切り替えただけにすぎなかった。

「おはよう」

加奈はキッチンに立っていた多恵に声をかけた。

「あら、おはよう。どう？　具合は」

「うん。大丈夫」

「そう、よかった。じゃあ、ウララを起こしてきてくれる？」

て。

「分かった」

変わらないのは家の中だけで、それだけでも自分は救われているのだと感じていた。そして。

「ウララ、朝だよ。起きなさい。早くしないと学校遅れちゃうよ」

加奈にとって安心できる場所。それはもうこの家の中だけとなっていた。

どうにかウララを起こし、テーブルに着かせた。

「ウララ、早く食べなさい」

「はーい。いただきます」

加奈はやれやれと息を吐き、小さく微笑んだ。

相変わらず朝は忙しく、それでも家の中は平和そのものだった。ただ、その時間が続くのも外に出るまでだ。

「それじゃあ、行ってきます」

「行ってらっしゃい。ウララも気をつけてね」

「うん。行ってきます」

加奈は、家の扉を開け、ウララと一緒にいつもの道を歩きだした。

警戒心だらけだった。気にするなと自分に言い聞かせて加奈は辺りを気にせず、下を向かずにウララと歩いていく。が、やはり怖さが消えることはない。見られているかもしれない。そう思うと、ウララの話に作り笑いで微笑んでやることしかできなかった。

「それじゃあウララ、気をつけてね」

「うん。バイバイ」

加奈はウララといつもの道で別れた。赤いランドセルを見送った後、大きく息を吐き出し、表情を引き締めた。

一人になると更に不安だった。それを紛らわせてくれたのが、いつもの三人だった。

「瀬戸さん」

後ろから呼び止められ、加奈は振り返った。

その時、市村が言った「クラスの中に犯人がいる可能性」という言葉が脳裏をよぎった。

「もう具合は大丈夫？」

「う、うん。大丈夫。バッチリだよ」

「よかった」

「みんな心配していたんだぜ」

言ったのは主輔だった。

「ごめん。心配かけて」

それから加奈は、淳子、圭輔、大輔の三人といつものように話をしながら登校した。だが、市村の言ったように、もしB組の中に嫌がらせをしている人間がいるのだとしたら……。そう思うと、いつものような視線で三人を見ることができなかった。信じていないわけではない、むしろ信じている。でも市村の言葉がどうしても脳裏を離れなかった。

それは教室に入ってからも同じだった。この三十四人の中に今も鋭い目つきで自分を見ている人間がいるとしたらと考えるだけで、今までのような視線で一人ひとりを見られなくなっていた。

「おはよう。すっかりよくなったみたいだね」

席に着こうとすると、土屋に話しかけられた。

「うん。もうすっかり」

「それはよかった」

土屋は微笑みながらそう言って前に向き直ると、首を左右にポキポキと鳴らした。

加奈は席に着く前に教室全体を見回した。みんな、まるで屈託のない幼稚園児のように騒がしい。過去に三人もの犠牲者が出ているなんて嘘のようだ。それもこの教室の中に犯人がいる可能性だって十分にある。もしこの席に何らかの恨みを持っているのだとしたら、今だって、座る瞬間を冷たい視線で見ているのかもしれない。そして瞬《まばた》きをするのだろう、まるでカメラのシャッターを切るように。

加奈が席に着くとチャイムが学校中に鳴り響き、間もなく教室に市村が入ってきた。

「よし、全員揃ったかな」

そう言って、出席を取り終え教室から出ていくと、再び教室が騒がしくなった。加奈は授業の準備をするため、鞄から教材を取り出した。

「瀬戸。瀬戸」

教室の後ろの扉に視線を向けると、市村が呼んでいた。大体の予測はついていた。

廊下に出ると、市村は教室から少し離れた位置で話し始めた。

「今日は土曜日だし、授業も四時間だけだ。学校が終わってから、これまで不幸な目に遭っていた生徒の家に行こうと思うんだが、それでいいか？」

「はい、大丈夫です」

「それじゃあ、帰りのホームルームが終わってから職員室に来てくれるか？　俺はすぐに学校から帰れるってわけじゃないから、少し待たせることになるだろうけど」

「はい、分かりました」

「話はそれだけだ」

教室に戻ると、授業が始まろうとしているのに教室中がまだ騒がしい。そんな無邪気な風景を見て、加奈は思った。もしこの中に私を狙《ねら》っている人物が本当にいるのだとしたら。

そう思うと、過去に足を踏み込もうとしている自分に改めて恐ろしさを感じていた。

2

四時間目の授業が終わり、帰りのホームルームを終えたB組は徐々にざわつきが消えていった。加奈は職員室にはまだ行かず、教室でタイミングをはかっていた。

「あら瀬戸さん、帰らないの？」

学年会議から戻ってきた委員長の本城沙也加に声をかけられ、ビクッと反応した。

「う、うん。ちょっと用事があるんだ」

「用事？　どうしたの？」

「ううん。大したことじゃないからさ」

「そうなんだ。それじゃあまた月曜日ね」

「うん。バイバイ」

B組で残っていた生徒は、加奈を除いて沙也加が最後だった。実は、淳子たちに一緒に帰ろうと言われていたのだが、それも断っていた。

それから更に教室で時間を潰《つぶ》し、加奈は職員室へ向かった。廊下にはもうほとんど生徒はいなかった。

「失礼します」

その声にいち早く反応したのが市村だった。

「おう、ちょうどいいところに来てくれた。そんなところに立ってないで、さあ入れ」

「はい、失礼します」

「今な、過去にあそこの席に座っていた三人の住所を調べてもらっているから」

「そうだったんですか」

加奈が職員室に入ってから二、三分ほどで、山田がやってきた。

「市村先生。持ってきたよ」

市村はていねいに頭を下げる。

「すみません。ありがとうございます」

山田が持ってきたのは、生徒手帳に使うために撮ったと思われる当時の写真と、クラス全員の住所録であった。

「これが一年生の時の住所録で、こっちが二年生の時のかな。仙道明日香は二年生の初めからいたから、枠の中に入っている。枠の外にあるのは、二年生の途中からやってきた鈴木千佳のだ」

　山田は続ける。

「それと、この写真が関綾乃、これが仙道明日香、最後にこれが鈴木千佳だ」

「どうもわざわざすみませんでした。ありがとうございます」

「いやいや、いいんだよ。それより、本当に大丈夫かい？　もしこれまでの犯人が本当にB組の誰かだとしたら……」

「大丈夫です」

「まあ、僕もできる限り協力させてもらうけど」

「ありがとうございます」

「それでまず、どの生徒の家に向かおうと思っているんだい？」

「そうですね、まず嫌がらせを受けていた生徒の家に向かおうと思っています」

「ということは、仙道明日香と鈴木千佳か。そして最後に関綾乃」

「はい、そうですね」

　山田はよしと頷き、三人の住所を市村にメモさせた。加奈はメモに書かれていく文字を追っていく。鈴木千佳と仙道明日香の家はここからそう遠くはなく、徒歩で行ける距離だと山田は言った。関綾乃の家も神泉《しんせん》駅から徒歩で行ける距離だと教えてくれた。

「ありがとうございました。助かりました」

「お礼なんていいよ。それより瀬戸。お前は本当に大丈夫なのか？」

加奈は迷うことなく頷いた。

「大丈夫です」

「そうか。強いんだな」

「いえ」

違う。じっとしていると不安で不安でたまらないのだ。

「よし、瀬戸。それじゃあそろそろ行くか」

市村は山田に軽く頭を下げた。

「それじゃあ、行ってきます」

山田は、気をつけてと返した。加奈と市村は職員室を後にした。真実を知るために、二人は動き始めた……。

一方その頃、淳子、圭輔、大輔の三人は、カーテンの隙間から薄く光が射し込む程度の暗い一室に呼び出されていた。

「どうしたの？　急に」

怯えながら淳子が問うた。

「今日呼んだのはほかでもないわ」

「どうしたの？」

「早く私の席を取り返してよ」

圭輔が言葉を返した。

「そう言ったって、あいつ、結構しぶといんだ。昨日休んで、もう来ないと思ったら、また」

大輔が圭輔に続く。

「それに俺たちは指示どおりにやってるぜ。受け取った写真だってちゃんと瀬戸の家に届いている。だからもう少し待ってくれよ」

三人とも声が震えていた。

「分かってる。そのことを言っているんじゃないの」

「どういうこと？」

淳子が返す。

「あの女、市村と一緒に調べようとしているわ」

「どうして、そんなこと」

「これよこれ、そこのラジカセで聞いてみなさいよ」
淳子は一本のカセットテープを受け取り、ラジカセに挿入した。再生ボタン。
『加奈？　開けるわよ』
『うん』
『さあ、どうぞ先生』
『すみませんどうも。失礼します』
「瀬戸の声じゃん。それに先生って」
圭輔がそう声を出す。
「静かに」
淳子が人差し指を立てる。
『おう瀬戸。どうだ？　具合は』
『ええ、まあ』
『今コーヒーでもいれますのでごゆっくり』
『いえ、すぐに帰りますので、どうぞお構いなく』
『コーヒーくらい飲んでいってくださいよ。美味しいの、今いれてきますから』
『すみません。それじゃあお願いします』

『はい、今すぐ』

テープは止まることなく再生し続けた。話は進んでいく。

『でもどうやって解決するんです？』

『問題はそこだ。犯人探しなんてクラスでやっても埒があかないだろうし、やはり自分たちで解決するしかないようだな』

『どうしましょうか』

『そうだな。まず過去をたどっていったほうがいいかもしれない』

『過去……ですか』

『そうだ。実際に不幸な目に遭った三人の生徒のことを調べていけば何か分かるかもしれない』

『でも、どうやってそれを調べるんですか？』

『早速明日、不幸な目に遭った彼女たちの家に行ってみようと思う』

『それなら私も行きます』

「分かってくれた？」

なおもテープは再生し続けている。

「どうやってこの会話を？」

淳子が尋ねると、大輔が閃《ひらめ》いたように言った。

「盗聴器‼」

「当たり」

「でもどうやってそんなもの」

「今の世の中、そんなもの簡単に手に入るよ」

「確かに」

と、大輔が呟いた。

「それにしても、いつの間に」

「ぬいぐるみ」

「ぬいぐるみ？」

圭輔が訊き返す。

「そう、ぬいぐるみ」

「そういう……ことか」

大輔が想像をめぐらせるように呟いた。

「それより、今の会話、聞いたでしょ？　あの女を早くあの席から消してよ。最悪、殺しても」

圭輔が割り込んだ。

「そ、そんなこと、できねえよ」

「私を裏切るつもり？」

「そんなこと言ってねえよ。ただ市村だって動いているし、これ以上やれば俺たちが犯人だって、ばれちまうよ」

「大丈夫。ばれやしないわよ。いい？　あなたたちは私の言ったとおりに動いてくれればそれでいいの」

　三人は黙り込んだままだった。

「一刻も早く、あの女をあの席から消して。分かった？」

　淳子は顔を上げ、うんと頷いた。

「分かったよ……綾乃」

　三人は振り返り、部屋から出たのだった。

3

「お引き取りください」

と言われて市村は慌てた。

「いや鈴木さん、ちょっと待ってください」

加奈と市村はあそこの席の犠牲者の一人、鈴木千佳の自宅マンションにいた。だが、市村が学校側の人間だと分かった途端、母親の政子に追い返されそうになったのだ。

「話なんてありませんから」

「ちょっと待ってください、鈴木さん。話を聞いてください」

政子は振り返る。

「僕たちは事件を解決しようとしているんです。これまでにB組では三人の犠牲者が出ています。そしてまた一人、被害を受けている子がここにいるんです。だから解決しなければいけないんです。千佳さんの無念を晴らしたいと僕たちは思っているんです」

市村の熱弁が政子の様子を変えた。黙り込んだまま、おそらく娘のことを思い出しているのだろう。

「分かりました。どうぞ、お入りください」

囁くくらいの小さな声で加奈たちを促した。

「ありがとうございます」

市村は頭を下げて礼を言った。

「さあ瀬戸、上がらせてもらおう」

「はい」

加奈と市村はリビングに案内された。ソファに腰かけると、しばらくして二人の前に紅茶が出された。

「どうぞ」

「すみません。いただきます」

加奈は政子の姿を見て、改めて思った。全てに力がなく、頰《ほお》はゲッソリと痩《こ》けている。娘を亡くしたのだ。仕方のないことかもしれない。

政子が対面のソファに腰を下ろすと市村が口を開いた。

「あの、いいですか？」

政子は力なく頷いた。

「どうぞ」

「あの、千佳さんは、どんな娘さんだったのでしょうか？」

市村の問いに、政子は昔を思い出すようにして話し始めた。

「ひと言で言えば、本当に活発で明るい子でした。小さい頃は毎日のように外で男の子たちと遊んでいて、中学に入ると同時にバレーボールをやり始めましてね。友達も多かったし、何一つ心配はありませんでした。それが、あの学校に転校してからおかしくなったんです」

「おかしく？」

「ええ。初めは、前にいた学校の生活と何ら変わらない様子でした。明るく、活発で。初日、学校から帰ってきたあの子は、友達ができたと大喜びをし、心配や不安は何もないといった様子でした。だから私も安心していたんです。でも何日目でしょうか、あの子の様子が明らかにおかしくなったんです。心配になった私はあの子に何かあったのかと訊きました。でもあの子は私に何かを隠している様子で、何もないと答えるんです。それが何日も続きました。

今思えば、あの子は私に心配させまいと、学校へ行き続けていたんですね。本当は外になんて一歩も出たくなかったはずなのに」

被害に遭っていた鈴木千佳と自分を重ねていた加奈は咄嗟に顔を上げた。

「写真……ですね」

「ええ、そうです。あの子が死んでから、あの子の部屋から何百枚もの写真が出てきたんです。それもほとんど、あの子が写ったものだったんです。中には気味の悪い写真も混じっていました。猫の内臓が飛び出て死んでいる写真や、合成で作ったんでしょうけど、人が首を吊って死んでいる写真とか。

確かにあの子宛の郵便物を何度も目にしていました。けれど私は友達からの郵便だと思い込んでいたのです。それを見た時私は震えが止まりませんでした。そして後悔しました。どうして嫌がらせを受けていたことに気がついてやれなかったのか、どうしてあんなことになる前にもっとあの子の話を聞いてやれなかったのかと。あの子は一人でずっと悩んでいたのに。

私と夫はその写真を手に、学校へ行きました。でも学校側は、その犯人がこの学校の人間かどうかもはっきりしないと、調べてもくれませんでした。警察も一緒です。同じような理由で犯人が特定できないと、結局、事件を有耶無耶《うやむや》にされました。でもあの子はおそらくそれ以外にも嫌がらせを受けていたはずなんです。そうでなければ、自殺なんてするはずがありません」

加奈と市村は返す言葉がなかった。現実に自分は携帯電話での地味な嫌がらせを受けていた。確かに嫌がらせはそれだけではなかったのかもしれないと加奈は思った。

「それで、その写真というのは」

「あんなもの、もう焼き捨てました。思い出したくもない」

「鈴木さん」

怒りの混じった口調だった。市村は政子に問いかける。

「はい」

「それ以外に、何かお心当たりはないですか？　気がついたこととか」

「気がついたことですか……」

「ええ、何でも結構です」

「そういえば、初日、帰ってくる時間が遅かったんです。それであの子、友達ができたって大喜びしていて、今までみんなとカラオケに行っていたんだって、その時は嬉しそうにそう言っていました。だからどうしてあんなことになってしまったのか……」

「カラオケ、ですか」

加奈と市村は顔を見合わせた。何かが二人の中で引っかかった。

「他には何か？」

市村が訊くと、政子は首を横に振った。それ以上、何も分からなかった。

4

鈴木千佳のマンションを出た加奈と市村は、次に仙道明日香の家に向かった。同じくそこもマンションだった。

「教師？　何の用ですか、今更」

希望学園高等学校の教師だと知った途端、同じ反応が返ってきた。加奈と市村は仙道明日香の母、奈津子に追い返されそうになっていた。それでも市村の熱意が通じたのか、どうにか二人は話を聞かせてもらえることになった。

「どうぞ、こちらへ」

奈津子に促され、加奈と市村はリビングに案内された。

「そこにおかけになってください」

「失礼します」

加奈と市村は言われたとおり茶色いソファに腰かけた。奈津子がお茶の用意をしている間、室内は異様なほど静まり返っていた。

「どうぞ」

「わざわざすみません」

市村はお茶を一口飲んで、茶碗を静かにテーブルに置いた。

「早速なんですが」

「はい」

「明日香さんも誰かに嫌がらせを？」

「はい、そうです」

「やはり写真……ですか？」

その問いに、奈津子は辛そうに頷いた。

「はい。異常なほど」

「それが分かったのはいつ頃ですか？」

「学校を辞めてからです。あの子の部屋から偶然見つけました。それで原因が分かったんです。あの子がイジメを、いえ嫌がらせを受けていたことを。でも学校側は結局何も対処してくれませんでした」

「そうですか」

「前々から気がついてはいたんです。あの子の様子が何か変だと。でも何を訊いても話してくれず……」

「結果的に明日香さんは……」

市村もその先は言いづらそうだった。

「はい、外に出ることを激しく拒み、言葉を失ってしまいました。口がきけなくなってしまったのです。明るかったあの頃の明日香はもういません。別人です」

加奈は隣に座っている市村を見た。もし隣に座っているこの教師に助けてもらわなかったら、自分はどうなっていただろうと恐ろしくなった。

「他に何か、嫌がらせを受けていた様子はありましたか？」

「それは分かりません。なにせあの子、学校を辞めてから何も喋ってはくれませんでしたから。他に嫌がらせを受けていたかどうかは……」

市村はそうですかと呟き、言葉を続けた。

「学校に入った当初はどんな様子でした？」

「前にいた学校の時と何ら変わりはありませんでした。初日にはもう友達が大勢できたようで、その日にみんなでカラオケに行ったと言っていました。だから私は何も心配はしなかったんです。でも結果的にはあんなことに」

加奈と市村は奈津子の言葉に顔を見合わせた。初日から嫌がらせを受けるまでのシナリオが二人とも加奈と同じなのだ。

「カラオケに行ったと、今おっしゃいましたよね」

「はい、それがどうか？」

「誰と行ったのか、聞いてはいませんか？」

奈津子は市村の質問に怪訝そうな表情を浮かべた。

「いえ、それは聞いてはいません。ただ、結構大勢で行ったとは言っていたような気がします」

市村は落ち込むように息を吐いた。

「そうですか」

どうしても気になって、加奈は口を挟んだ。

「それで、明日香さんは今どこへ？」

「分かりません」

意外な答えに、加奈は思わず、え？　と聞き返した。

「写真がまた何十枚何百枚も届くと思うと、外に出るのが相当怖かったんでしょう。この一年間、ずっと自分の部屋に閉じこもったままだったんです。でも、実は近頃、自分から外に出るようになりました。口を開いてくれないのは変わりませんが、何も言わずに見守ってやろうと思うんです。ゆっくり時間をかければ、いつかはあの頃の明日香に戻ってくれると私は信じているんです」

「そうですよ」

市村は何度も頷きながら奈津子を励ました。そして、それからしばらくすると、玄関の扉が開く音がした。目を向けると、一人の少女が玄関に立っていた。

「娘です」

加奈は仙道明日香から目を離すことができなかった。まるで死人のようだ。表情に全く覇気がない。

「何か話してはくれないでしょうか」

奈津子は辛そうに首を横に振った。

「無理でしょう。私にさえ、口をきいてはくれませんから。それにあの頃のことはもう二度と思い出したくないはずです。だからそっとしておいてやってください」

「そうですね。分かりました」

市村と奈津子の会話が聞こえていたのかどうか、それは定かではない。明日香は、そこに誰もいないかのように、静かに自分の部屋に入ってしまった。

5

仙道明日香のマンションを後にした加奈と市村は、表通りにある喫茶店に入った。注文をとって店員が奥に下がると、それを確認した市村が口を開いた。

「今日は時間も時間だし、関綾乃の家には明日行くことにしよう」

「でも明日は日曜日ですよ。先生は大丈夫なんですか？」

「大丈夫、大丈夫。家にいたってどうせ何もやることはないしな。瀬戸はどうなんだ？」

「私も大丈夫です」

　奥から店員がコーヒーを二つ運んできた。

　二人はカップに口をつけ、同時にテーブルに置いた。

「それより今日、二人の母親の話を聞いてどう思った？」

「多分、先生も気になっているとは思うんですけど、私の場合と似てるんですよね」

　市村は腕を組む。

「そうだな」

「ワンパターンというか、初めからシナリオがあって、それに従って事を進めている感じがします」

「うん。そうだな」

「やっぱり、座った生徒に問題はなかった。あそこの席自体に理由があるって分かりましたね」

「ああ、思ったとおりだ。しかし、その理由が分からない」

　加奈はため息をつく。

「そうですね」

「なあ、瀬戸」

「はい」

「お前確か、川上と沖と井上の三人にカラオケに誘われたって言っていたよな」

「はい、そうですけど」

「まさか、仙道明日香と鈴木千佳を誘ったのも、その三人じゃないだろうな」

市村のその言葉で一瞬、加奈の動作がピタッと止まった。

「ま、まさか」

「いや、B組の中に犯人がいる可能性がないわけじゃない。教師の俺が、自分のクラスの生徒を疑うってのはどうかと思うが、そんなことは言っていられない。犠牲になった三人の生徒のためでもあるんだ。もちろんお前のためでもある」

「でも、決まったわけじゃ」

「確かにそうだ。決めつけているわけじゃない。それに誰かがその三人を動かしている可能性だってあるんだ」

すでに市村の言葉は、加奈の耳には届いていなかった。確かに関綾乃を除いた二人と、自分の三人は、嫌がらせを受けるまでのシナリオが全く同じなのである。もし仙道明日香も鈴木千佳も淳子たちに誘われていたとしたら……。

そう考えて加奈の頭の中は真っ白になった。

「どうした？　瀬戸」

　加奈は市村の言葉で我に返った。

「い、いえ、何でもありません」

「とにかく、明日だ。明日、関綾乃の家に行けば、また何か分かるかもしれない。噂話のきっかけとなった生徒だからな」

「はい、そうですね」

「山田先生の話によると、彼女は嫌がらせは一切受けていないという。それなのに一年生の冬休みが明けた途端、彼女は行方不明になった」

　そこで加奈は一つの疑問を抱いた。

「でもどうして、その子が嫌がらせを受けていないと、山田先生は言いきれたんでしょうか」

「そりゃ、彼女の両親が何も言ってこなかったからだろう」

「でも、果たしてそうだったんでしょうか」

「どういう意味だ？」

「本当はその子も他の嫌がらせを受けていたとか」

「まあ、確かにそれも考えられるな。とにかく、それも含めていろいろ話を聞いてみよう」

「そうですね」

市村は、腕時計を確認して立ち上がった。

「そろそろ、出るか」

市村がコーヒー二杯分の料金を払っている間、加奈はあの三人のことが頭から離れなかった。

喫茶店を出るとすっかり外は暗くなっていた。大通りを走る車の無数のヘッドライト。そして、歩道を歩く無数の人。人。人。

「それじゃあ、明日は渋谷駅に十時待ち合わせでいいか？」

「はい、大丈夫です」

「すっかり暗くなったな」

「そうですね」

「送るよ」

市村の心づかいに、加奈は小さく微笑んだ。

「いえ、大丈夫です。家もここから近いし、心配いりません」

「しかしな……」

「大丈夫です。今日はどうもありがとうございました」

「いや、そんなことはいいんだよ。それより本当に大丈夫か？」

「もう子供じゃありませんから。それに私、もっと強くならないと」

市村は少々、考える仕草をみせた。

「そうか、分かった。それじゃあ、明日」

「はい、さようなら」

市村の視線を、加奈はしばらく背中で感じていた。

6

一人になった加奈は大通りから住宅街に入った。街の光や車のヘッドライトはなくなり、住宅の微かな明かりだけで辺りは真っ暗だった。そんなことに気づかないほど、加奈は一人考え続けていた。嫌がらせをしているのは本当に淳子たちなのだろうか。

これまで被害を受けた仙道明日香と鈴木千佳の二人を、あの三人がカラオケに誘っていたとしたら、その可能性は高くなる。だがしかし、彼らがそんなことをするとは考えられなかったし、考えたくもなかった。新しい学校へ来て、初めてできた友達だ。

「ない。あり得ないよ」

加奈は自分に言い聞かせるように、その考えを否定した。

その時、微かにメールの着信音が耳に届いた。

鞄から携帯を取り出し、液晶画面を確認する。

『新着メール一件あり』

登録されていないアドレスからだった。未読メールを開くと、それは全てカタカナだった。

読みづらいと思いながらも加奈は一文字一文字読んでいく。

『イマモズットミテイルゾコレイジョウセンサクスルナ』

加奈の足がその場で止まった。体が急に震え始める。

その時、辺りの気配に気がついた。

不気味なほど静かだった。

そして暗闇の中、背中に感じる人の気配。

自分の鼓動が大きく聞こえるようだ。

嫌な予感は的中した。

加奈は振り向く。誰かいる。暗闇の中に誰かいる。全身黒ずくめで、パーカーのフードを深く被っているので顔は見えない。

加奈は向き直り、徐々に歩調を早める。

早歩きのまま振り返る。歩いてくる。同じ速さで歩いてくる。加奈は走っていた。走りながら振り返る。走ってくる。ゆっくりゆっくり走ってくる。追われている。次に振り返った時、加奈はひっとうめき声を上げた。

右手に包丁が握られているのだ。殺される殺される、頭の中はそれ一色に染まっていく。曲がり角を右に折れる。家はもうすぐだ。加奈は走る、段々と息が切れる。振り返ると、その人物が全速力で追ってきている。これ以上速く走れない、捕まってしまう、助けてと叫びたい。だが、あまりの恐怖に声が出なかった。振り返る。追ってくる。向き直った途端、何かに躓《つまず》き転びそうになる。追ってくる、追ってくる。体勢を整えて加奈はがむしゃらに走った。

息を切らせ、どうにか探りあてた合鍵を使って家の扉を開けた加奈は、玄関にへたり込んでしまった。

「お姉ちゃん、お帰り！」

ウララが玄関にやってきた。

「どうしたの？　そんなところに座って」

加奈は膝《ひざ》をガクガクさせながら必死に立ち上がる。汗で額がビッショリだった。

「う、ううん。何でもないよ」

笑顔が作れなかった。この短時間で加奈は憔悴《しょうすい》しきっていた。

「あらお帰り。土曜なのに今日は遅かったわね」

多恵が玄関に出てきた。加奈は平常心を装う。

「う、うん。今日はみんなとカラオケだったんだ」

「あらそう、ご飯は？」

「食べてきた。今日はいいや」

あまりの恐怖に食欲もなかった。

「じゃあ、お姉ちゃん。一緒にピアノ弾こうよ」

「ごめんね、ウララ。お姉ちゃん今日疲れてるんだ」

そう言うと、ウララは不満そうな顔をした。

「なーんだ。つまんないの。この頃全然ピアノ弾いてくれないし」

確かにそうだと加奈は思った。この頃、鍵盤に触れてすらいない。でも今はピアノを弾く気になどなれなかった。

「ごめんね」

「何かあったんじゃないの？」

多恵の鋭い視線に、加奈は一瞬狼狽《ろうばい》する。

「べ、別に。何でよ」

「何となくそんな気がしたから」

思い悩んだ表情が一瞬だけ出てしまったのだろう。加奈は話題を切り替えた。

「私、シャワー浴びてくる」

「それなら、バスタオル置いておくから」

「うん。ありがとう」

多恵がその場からいなくなると、微笑みは一瞬にして消え去った。

バスルームの扉を開け、閉めた途端、加奈はガックリと膝を突いた。

三十分後。タオルで頭を拭《ふ》きながら加奈は自分の部屋の扉を開けると、ベッドに倒れ込んだ。先ほどの映像がフラッシュバックする。

追いかけてくる人物。

頭から追い払いたいのに、どうしても思い出してしまう。

初めて犯人が接近してきた。今までは全て陰からの嫌がらせだったのに、今日に限って。

恐ろしかった。しかし、犯人が学校の人間だということがこれで明らかとなった。あの直前に届いたメール。アドレスを知っているのは家族と静岡時代の友人。そしてあの日、カラオケに行ったB組のメンバーだけだ。それ以外は誰も知らない。

明らかに狙われている。理由はまだ分からないが、犯人はただあその席に座った人間をクラスから消せばそれでいいのだろう。危害を加えようとは、考えていなかったのかもしれない。現に学校を辞めた途端、仙道明日香に対する嫌がらせはなくなったのだ。おそらく今回もそのつもりだったのだろう。だがしかし、犯人は過去を知られたくない。どんなことをしてでも、自分をクラスから消そうとしている。殺してでも……。

これ以上は何も知らないほうが身のためだ。でも加奈は、市村の言葉を思い出す。どんなことがあっても負けてはならない。負けてしまえばそこで終わってしまうのだ。そして新しい転校生が来る。その繰り返し。何も解決はしない。

加奈は強く頷くと、携帯を手に取った。市村の自宅の番号をプッシュする。今日中に全てを話しておこうと思った。

プルルルルル。

プルルルルル。

プルルルルル。

四回目のコールで市村の声が受話器から聞こえてきた。

「もしもし市村ですが」

「瀬戸です」

7

日曜日に出かけるのは久々だった。静岡にいた頃から日曜日は決まってウララとピアノを弾くか、部屋の中でのんびりしているかだった。

「出かけるの？　珍しいじゃない」

そういう多恵には、友達と買い物に出かけると言って家を出た。昼間に襲われることはないだろう。つけ回されていたかもしれないが、どうにか渋谷駅に到着した。

九時五十分。渋谷は人で溢れていた。この人の多さにはまだ慣れない。

「瀬戸」

肩を軽く叩かれ、加奈はビクッと反応する。

「先生」

加奈はホッと胸をなで下ろした。

「やはり送っていくべきだった」

「先生のせいじゃないですよ」

「大丈夫だったか？」

「はい、全然」

「顔は見えなかったのか？」

「はい、それどころじゃ」

「例のメール、見せてみろ」

加奈はあれからすぐにメールアドレスを変更していた。

携帯電話のメール一覧を開いて昨日のメールを市村に見せた。市村は一文字一文字を目で追っていく。

「くそっ。誰なんだ！　今も見られているかもしれないのか」

「分かりません。でも考えられます」

二人は辺りを見回したが、人が溢れるこの時間帯に、自分たちを見ている人間など探せるはずもなかった。

「行こう。気にするな」

「はい」

京王井《けいおうい》の頭《かしら》線に乗ってからも、誰かに見られていないか、加奈は車内を見回した。一目で分かるであろうB組の人間はもちろん、高校生らしき人間すら乗っていなかった。

会話もほとんどなく、電車は神泉駅に到着した。扉が開き、加奈と市村はホームに降りた。

「駅から近いんでしたよね？」

「ああ、すぐそこだ」

「先生？」

「どうした」

「もしですよ。もし、嫌がらせをしていた人間が分かったらどうするんですか？　それがもし本当にクラスの生徒だったら？」

加奈の突然の言葉に、市村は迷っている様子だった。

「その時は……その時さ」

加奈は深刻な表情で頷いた。

「そうですね」

二人は神泉駅から関綾乃の自宅に向かって歩いた。


一方その頃、土屋裕樹は笑っている関綾乃の写真を見つめながら、ピアノの前に座っていた。

「……綾乃」

土屋は鍵盤に手を置いた。同時に、関綾乃の声が映像とともに蘇ってくる。

「違うよ。この指はここだよ」

綾乃に鍵盤の位置を直される。

「ここでいいの?」

「そうそう。ここだよ。そうじゃないと音が微妙に違っちゃうから」

綾乃のピアノレッスンは続く。

「でも裕樹もだいぶうまくなったよね。見違えるくらい。ピアノを買ってくれたお母さんに感謝しないとね」

「そうかな」

「そうだよ。でもどうして『別れの曲』ばっかり弾いているの? 他の曲にも挑戦してみればいいのに」

「綾乃が最初に弾いてくれたのが『別れの曲』だろ? 俺も気に入ったんだ」

「そっか。私も嬉しいよ。一番好きな曲を裕樹が弾いてくれるから」

「だから、もっとうまくならないとな」

「でも知ってる? 本当のタイトルは『別れの曲』じゃなくて、正しくは『エチュード第三番 ホ長調作品10の3』っていうんだよ」

「へー、知らなかった。詳しいんだね」

そこで映像は遮断された。

「開けるわよ」

久子が部屋に入ってきた。

「母さん。どうかした？」

久子は俯きながら首を横に振る。

「ううん。ただ裕樹のピアノが聴きたくなったのよ」

土屋は写真に写る綾乃を見つめながら頷いた。

土屋は両手を鍵盤に置き、ショパン作曲『別れの曲』を弾き始めた。滑らかに。繊細に。綾乃が弾いていたとおり忠実に。

土屋は体を大きく揺らしながら十本の指を鍵盤の上で踊らせる。完全に自分の世界に入っていた。

曲を弾き終えた部屋に小さな拍手が響いた。

「上手だったわ。綾乃さんと同じくらい」

土屋は綾乃の写真を見つめながら首を振った。

「綾乃のほうがもっとうまかったよ」

そう言って土屋は立ち上がり、庭への窓を開いた。高い塀に囲まれた庭には一面黒い土だけが広がっていて、花も何もない。土屋はそれが寂しかった。そして照りつける太陽に視線を向けた。

「いい天気だね……綾乃」

8

加奈と市村は関綾乃の自宅に到着していた。一戸建てのインターホンを押し、しばらく待っていると、関綾乃の母、慶子が現れた。

「あの、何か」

「私、希望学園高等学校で現在三年B組を受け持っております、市村史朗と申します」

それを聞き、慶子は戸惑いながらも市村に頭を下げる。

「それはどうも。どのようなご用件ですか？」

「今日は、綾乃さんのことについてお話を伺いたいと思いまして」

「綾乃のことで、ですか？」

「ええ」

市村が答えると、慶子は考える仕草を見せた。

「分かりました。どうぞお入りください」

掃除の行き届いた廊下の壁には、趣味のよい絵画が二つ飾られている。

加奈と市村は和室に案内された。部屋を見回すと、仏壇や桐箪笥《きりだんす》、そして掛け軸まである。

やがて、慶子がお盆に茶碗を載せて部屋に戻ってきた。

「それで、早速なんですが」

市村が口を開くと、慶子がそれを遮るように口を開いた。

「その前にいいですか？」

「はい」

「なぜ、綾乃のことが訊きたいのですか」

「実は、綾乃さんが行方不明になってからB組で、ある噂話が広がるようになりましてね」

「噂話？」

「ご存じありませんか」

「ええ、全く。どのような噂話なんでしょうか」

「呪いの席と言われている席がB組にはありまして」

「呪いの席？」

二人のやりとりを加奈は黙って聞いていた。

「そうです。そこの席に座った生徒は必ず不幸になるという噂話です」

「綾乃が座っていた席が、その席だったんですか？」

「そうなんです。でもそれは、単に生徒たちが勝手に噂話にしただけです。本当は呪いでも何でもない」

「どういうことでしょうか」

「綾乃さんが行方不明になってから二人の生徒が転校してきています。その二人も、以前綾乃さんが座っていた噂の席に座っていました」

「ええ、それで？」

「一ヶ月もしないうちに一人は自殺。もう一人もノイローゼというか、精神病になってしまい学校を辞めています」

慶子は心底驚いている様子だった。

「自殺した生徒の話はニュースで知りました。でもまさか同じ席に座っただけで、そんな」

「そう思いますよね。でも本当は、その二人は何者かに酷い嫌がらせを受けていたんです」

「嫌がらせですか？」

「はい、そうです」

「それはどんな嫌がらせだったのでしょうか」

「二人に共通していたのは写真でした。毎日毎日つけ回し、その子だけが写っている写真を何十枚、何百枚も送りつけるんです。時にはそれ以外の気味の悪い写真も」

「気持ち悪い」

「そうなんです。実はこの生徒も今同じような嫌がらせを受けているんです」

市村は加奈に目を向けながらそう言った。

「あなたも、その席に座っているの？」

「そうです。昨日は誰かに襲われそうになりました」

「でもどうして」

「それが分からないんです。そこでお訊きしたいんですが、綾乃さんが誰かに嫌がらせを受けていた様子はありませんでしたか？」

迷うことなく慶子は首を横に振った。

「いいえ、それはないでしょう。悩んでいる姿なんて見たことがなかったし、あの日まで綾乃は学校を休んだこともなかったし。むしろ楽しみにして通っていましたから」

「あの日というと……」

「ええ。あの子が突然いなくなってしまった日です」

「詳しく聞かせていただけないでしょうか」

慶子は俯きながら小さく頷いた。

「あの日は冬休み最後の日でした。次の日からまた学校に行けるとあの子も楽しみにしていたはずです」

「それがどうして」

「午後になって、出かけると言いだしたんです。もちろん、どこへ行くのか私はあの子に尋ねました」

「そうしたら？」

「土屋君の家に行ってくると言いました。でも彼の家に着くことはなかったんです」

自分の左隣に座っている土屋だろうか。

「土屋というと、B組の土屋裕樹ですか？」

市村が慶子に確認した。

「そうです」

「どうして彼の家に？」

「二人はつき合っていたんです。家にも何度か土屋君は遊びに来ています。本当に二人は仲がよかったんですよ。家に来た時なんかは綾乃の部屋でずっとピアノを弾いたりしていました」

「そうだったんですか。それは初めて知りました」

「でも仲がよかったのは土屋君だけじゃなかったんですよ」

そう言って慶子は立ち上がった。

「こちらに来てもらえますか？」

加奈と市村は顔を見合わせ、戸惑いながらも言われたとおりに立ち上がった。

階段を上っていく慶子に続いて二人はある部屋に案内された。

「ここが綾乃の部屋です。あの時のままにしてあります」

加奈と市村は言葉を返せなかった。

「夫と私は必死にあの子を捜しました。もちろん警察も動いてくれました。それ以上に必死に捜してくれたのが、あの子の友達だったんです」

そう言って慶子は机の引き出しから小さなアルバムを取り出し、それを開いた。初めに写っていたのは土屋と綾乃の二人だった。慶子はさらにめくっていく。

「この三人とも、綾乃はすごく仲がよかったんですよ」

淳子、圭輔、大輔が、土屋や綾乃とともに写っていた。

「川上、沖、井上」

そこから先は、五人で写った写真ばかりだった。仲がいいのは分かるが、一方で、何かが引っかかっていたのも事実だった。

「この子たちは必死になって綾乃を捜してくれました。でも結局、あの子は見つからず、一年以上が経った今も帰ってきてくれません。でもあの子はどこかで生きている。私にはそう思えるんです」

加奈と市村は口を閉じたままだった。

「このピアノだって、あの子が小学生の時からあるんです。暇さえあれば、あの子はピアノを弾いていました。今も私の胸の中で、あのピアノの音が響いています」

加奈は綾乃のピアノを見つめながら口を開いた。

「私も、ずっとピアノを習っていました。小学校の頃からずっとピアノを弾いていました」

慶子は優しく頷いた。

「そう、あなたも」

加奈は小さく、はいと返事する。

「弾いてみてくれないかしら」

慶子の突然の言葉に加奈は戸惑った。

「私が……ですか？」

「ええ、それとも、お嫌かしら？」

「いいえ、でも……」

「お願い。弾いてみてちょうだい」

「分かりました」

ピアノの前に座り、鍵盤に手を置いた。こういう時にこの曲を弾いてもいいものかと迷ったが、自分の一番好きな曲を弾こうと思った。

『別れの曲』

体を揺らしながら加奈はピアノを奏でていく。親友だった楓との別れ、友達との別れを思い出しながら加奈は鍵盤を静かに叩く。そして、弾き終えた時、綾乃の部屋に慶子の小さな拍手が起きた。

「ありがとう」

涙声で慶子は加奈に礼を言った。

「いえ」

そして慶子はこう言ったのだ。

「でも偶然ね、あの子も、あなたが今弾いた曲が一番好きだったのよ」

それを聞いて加奈は思った。関綾乃と自分はどこか似ているところがある、と。

「それにしても、土屋と関綾乃が恋人同士だったとは知らなかったな。山田先生もそんなことは言っていなかったし」

綾乃の家を後にして、市村は口を開いた。

「そうですね。意外というか」

写真に写る土屋は無邪気な子供のような笑みを浮かべていた。淳子、圭輔、大輔は別として、本当にあんな笑顔は見たことがなかった。今のようにあまり笑わなくなってしまったのは、やはり関綾乃が失踪してからなのではないかと加奈は考えていた。そしてもう一つ気になることがあったのだ。

「なあ、瀬戸」

「はい」

「こんなこと言いたくないが、やはりあの三人が関係しているんじゃないかな」

ここまでくると、加奈は否定できなかった。噂話の根源。それは関綾乃に関係している。そんな気がする。そして綾乃と親友のように仲よくしていたあの三人。のちにあそこの席に座った二人の転校生が、初日にカラオケに誘われている。自分の時と全く同じだ。これで無関係だとは、とても思えなかった。

「考えてみたんだけどな」

「考えたって？」

「どうして、あそこの席に座った生徒が狙われるかってことだ」

「はい」

「多分犯人は、あそこの席に他の生徒を座らせたくないんだ。関綾乃以外の生徒を。どうしても」

加奈は黙って聞いていた。

「だから陰で嫌がらせをする。そうすればあそこの席には誰もいなくなる」

「それじゃあ、やっぱり先生は、あの三人が今までずっと嫌がらせを続けていたというんですか？」

「あの三人だけじゃないかもしれない」

「でも普通、そこまでしますか」

「そこまでする理由が、あるんじゃないのか？」

加奈はため息混じりに言葉を返した。

「どうでしょうか……分かりません」

それからしばらくの沈黙。

「なあ、瀬戸」

「はい」

「明日、土屋に直接訊いてみようと思う」

「何をですか?」

「川上、沖、井上の三人についてだ。土屋は何か知っているような気がする」

市村は続ける。

「どうしても気になるんだ。親友のように仲がよかった土屋とあの三人が、なぜ今はそれほどでもないのか。なぜ以前のように接していないのか。それがどうしても気になる」

言われてみればそのとおりだった。初日に土屋はカラオケボックスで一曲も歌わなかった。

それに対し、いつものことだからと淳子は言った。

あの時は、その言葉に疑問を抱いた。いつものことだといっても、土屋が淳子たちと親しくする姿は見ていなかったからだ。だが以前は違ったのだ。土屋と淳子たちは親友のように仲がよかった。それなのにどうして……。

「確かに、そうですね」

「もしかしたら土屋が何か握っているのかもしれない。噂話の真相の鍵を」

「それなら、私が土屋君に直接訊きます。こういうことは、先生が訊くより私のほうが」

「大丈夫か？」

「大丈夫です」

　市村は、よしと頷いた。

「それじゃあ、土屋は瀬戸に任せる。俺は俺で気になることがもう一つある」

「何ですか？」

「写真だ。やはりあんなものを現像に持っていったら不審に思われる」

「どういうことですか？」

「これは俺の推測なんだが、現像するよう脅されている人間もいるんじゃないのかってな。犯人が、もしくは犯人たちが自ら現像しているのならそれまでだけどな」

　それに関して加奈は何とも言えなかった。

「とにかく明日、土屋を頼む。写真の件は俺に任せてくれ」

「はい、分かりました」

「瀬戸」

「はい」

「もう少しの辛抱だ。絶対に負けるな」

「はい、分かってます」

「今日はちゃんと、家まで送るから」

まだ空は明るいが、昨日のこともある。

「お願いします」

市村が言うように、嫌がらせを続けているのは淳子たちなのだろうか。いつの間にか、三人を疑っている自分がいる。加奈はそんな自分が嫌になった。最後まで友達を信じることができない自分が嫌で嫌でたまらなかった。加奈の心は、自分自身への嫌悪感でいっぱいだった。

気がつけば、加奈は自宅の前に立っていた。

「それじゃあ、ここでいいな」

「はい、ありがとうございました」

「それじゃあな。また明日」

10

翌日、加奈は五分ほど早く家を出た。もちろん途中まではウララと一緒に登校し、ウララと別れてから、一人で学校へ向かった。五分ほど早く出たためか、いつものように淳子たちの声がかかることはなかった。

校舎内は生徒たちの声で今日も騒がしかった。加奈は肩に鞄をかけながら、下駄箱を開いた。何かがドロドロとこぼれてくる。赤い液体。生臭い。血だった。

それは、加奈の目の前をゆっくり流れ落ちていく。他の生徒の下駄箱を赤く染めながら、やがて床に敷かれた簀子《すのこ》を濡らし始めた。体を硬直させて、その様子を見つめていた加奈の中で、徐々に恐怖がこみ上げてきた。

「きゃあああああ！」

近くにいた生徒たちが驚いて加奈のほうを振り返った。

「やだ。何これ、瀬戸さん。どうしたの？」

校舎に入ってきた淳子に肩を揺すられても、加奈は答えられなかった。騒ぎを聞きつけた教師たちが集まってくる。その中には市村もいた。

「瀬戸。おい、瀬戸」

肩を強く揺すられて、ようやく加奈は我に返った。

「せ、先生……」

「大丈夫か？」

「は、はい」

放心状態のまま加奈は頷く。今度は他の生徒が駆け込んできた。

「中尾先生！」

飼育委員を担当する中尾が振り向く。

「どうした」

「鶏小屋が壊されていて、その中の一羽が首を切られて死んでいるんです。早く来てくださ
い」

「何！　分かった、すぐ行く」

中尾とその生徒は校舎から飛び出していった。加奈にはそんな会話など聞こえていなかっ
た。滴り落ちる血を呆然と見つめるだけだった。

「ひとまず保健室に行こう」

加奈は瞬き一つせず、コクリと頷いた。

「川上たちは教室に戻って待っていてくれ」

「はい、分かりました」

淳子、圭輔、大輔の三人は階段を上っていった。

「さあ、行こう」

　加奈は市村に保健室へと連れられていった。


「落ち着いたか？」

　保健室のベッドの上に腰かける加奈に、市村が声をかけた。

「はい、大丈夫です。でも突然のことだったので」

「どうする？　一時間だけ授業を休むか？」

「いいえ、大丈夫です。ちょっとビックリしちゃっただけですから。本当に大丈夫です。本当に」

　加奈はパニックに陥っている自分を必死に抑えていた。

「それにしても、クソ」

　市村は苛立ちをあらわにしていた。

「あれは、殺されたニワトリの血だ。朝早くにでも忍び込んで、犯人が仕掛けたんだろう」

「そうですか」

　今更ながら、自分が来客用のスリッパを履いていることに気がついた。誰かが履かせてくれたようだ。上履きは血だらけで使いものにならなかったらしい。

「本当に大丈夫か？　やっぱり少し休んでいったほうがいいんじゃないのか」

「大丈夫です」

「そうか……じゃあ、行くか。こんなもん、気にするんじゃないぞ」

「はい、分かってます」

加奈はベッドから立ち上がり、市村と一緒にB組に向かった。

すでに話は教室中に広がっていた。やはり呪いの席だと噂しているに違いなかった。

教室に入ると、会話がピタリとやみ、視線が加奈に集中した。

市村はあえて先ほどのことを口にはしなかった。いつものように出席をとり、いつものようにホームルームを行った。そして、市村が教室から出ていくと、淳子や圭輔、大輔に沙也加までが心配そうに加奈に寄ってきた。

「瀬戸さん、大丈夫？」

淳子の問いに加奈は頷く。市村の言葉が脳裏をかすめる。

「う、うん。大丈夫」

「それにしても、誰がやったんだ、あんなこと」

圭輔が苛立ったように言った。

「全く。嫌がらせにもほどがある」

腕を組みながら大輔が言った。

「私は大丈夫だから」

そう言うと沙也加が言った。

「あまり無理しないほうがいいよ」

やがてチャイムが鳴り、みんな自分の席に戻っていった。しかし去り際、沙也加が耳元で囁いた。

「話があるんだ。放課後、委員会が終わるまで待っていてくれる？」

何の話だろうと思いつつ、加奈は頷いた。

「分かった。でも話って？」

「ここじゃ話せない。二人だけで話がしたいの」

「うん。分かった」

「それじゃあ、放課後。適当に待ってて」

周りを気にしながら沙也加は自分の席に戻っていった。加奈は沙也加の言葉が気になって仕方がなかった。

教室の扉が開くと、一時間目の授業が始まった。

11

今朝の事件は学校中に知れ渡り、職員室でも問題として取り上げ、教師たちは犯人探しに動いていた。だが、これでは埒があかないことが市村には分かっていた。

案の定、犯人探しは遅々として進まなかった。

四時間目の授業が終わると、市村は職員室に戻った。

土曜日に鈴木千佳、仙道明日香の家に行ったこと、その後に加奈が何者かに襲われそうになったこと、昨日、関綾乃の家で真実が見え始めてきたこと、そして、今朝下駄箱で起こったことなどを山田と話し合った。

「でも、まだ何とも言えない状況だね」

確かにそうだった。嫌がらせを続けている人間を特定できたわけではないのだ。ただ考えられる人間はいる。

そして昼休み。市村は写真部の磯部正《いそべただし》を呼び出した。

「何の用ですか？」

磯部は妙におどおどしていた。

「まあまあ、ちょっと来てくれないか」

市村は、生徒は立ち入り禁止の屋上に磯部を連れ出した。

磯部は無言でついてきた。

手すりの前で市村は足を止め、磯部を振り返った。風が強く吹いた。

「なあ、磯部」

「はい」

「いくつか質問してもいいか？」

磯部は一つ間を置いた。

「はい」

「磯部は写真部だよな。一年生の頃から写真部だったのか？」

「はい、そうですけど」

「写真撮るのは楽しいか？」

「ええ、まあ」

磯部はぞんざいに答える。

「そうか。先生は体育会系だから、あまり写真とは縁がなかったなあ」

会話に白々しさを感じたのだろう。磯部は棘《とげ》のある言い方で訊いてきた。

「何が言いたいんですか？」

「何って？」

「こんな話をするために呼び出したんですか？　それなら僕は失礼します」

　磯部はそそくさと市村に背を向けた。

「磯部。待ってくれ」

「何ですか」

「B組には呪いの席って噂があるんだよな？」

　その言葉に磯部の表情が一変した。

「え、ええ、まあ」

「どこの席か知っているよな？」

「もちろん。それは」

「そうか。実は、瀬戸の家に変な写真が送られてきたんだ。過去、あそこの席に座っていた鈴木千佳や仙道明日香にも同じような写真が送られていた」

「知っています。そのことで問題になりましたから」

「なあ、磯部」

「はい」

「正直に答えてくれ。違うなら先生は謝る」

「な、何ですか」

市村はあえて軽い口調でこう言った。

「お前、誰かに脅されているってことはないか？　それもずっと前から」

単刀直入にそう言うと、明らかに磯部の顔色が変わった。

「ど、どうして僕が脅されなければいけないんですか。そんなこと、あるわけないじゃないですか。話はそれだけですよね。失礼します」

市村に答える間を与えず、磯部は屋上から逃げるように消えていった。一人残された市村は、間違いないと確信した。


六時間目の授業が終了し、帰りのホームルームを終えたB組の生徒は徐々に教室から出ていった。土屋が帰ろうとするタイミングを見計らって、加奈は声をかけた。

「土屋君。ちょっと待って」

土屋は静かに振り返る。

「どうしたの？　何か用？」

「うん。ちょっと話が聞きたいんだ。今からいいかな」

土屋は、うん、いいよと頷いた。加奈は土屋を人目につかない場所に連れ出した。そこは、一度市村に呼び出された時に連れていかれた廊下の一角だ。その先には教材室しかない。

「話って、何？」

「土屋君はB組での噂の話、知ってるよね。呪いの席とかって言われている、あれ」

「それは、知ってるけど」

「実はね、私今、誰かに嫌がらせを受けているんだ。もう耐えられないくらい」

土屋は黙っていた。

「でも私だけじゃなかった、嫌がらせを受けていたのは。過去にあその席に座っていた鈴木千佳さんや仙道明日香さんも、私と同じような嫌がらせを受けていたんだ」

「そうなの？」

「うん。それでね、昨日市村先生と一緒に、一番初めにあそこの席に座っていた関綾乃さんの家に行ってきたんだ」

土屋はなおも黙っている。

「それで、綾乃さんのお母さんに話を訊いたの。綾乃さんは行方不明になるまで誰かに嫌がらせを受けていた様子はありませんでしたかって。でも綾乃さんだけは、そんなことなかった。むしろ仲のいい友達がいたって、仲のいい恋人がいたって」

　その言葉に、土屋は俯いてしまった。

「綾乃さんのお母さんにアルバム見せてもらったんだ。そこで初めて知ったの。土屋君と綾乃さんがつき合ってたってことを。それに川上さんや沖君、そして井上君ともすごく仲がよかったんだね」

「でも、綾乃は……もう」

「全部聞いた。土屋君の家に向かう途中だったんだってね」

　加奈は核心に触れていく。

「こんなこと、土屋君には言いたくないけど、私思うの。嫌がらせが続くのは、綾乃さんのことが関係しているんじゃないかって」

「……綾乃に？」

　加奈は頷く。

「ねえ、土屋君」

　加奈は土屋に問う決意を固めた。

「本当は、何か知っているんじゃないの？」

「何かって……何？」

加奈は一つ間を置いて、こう言った。

「誰が犯人かってこと」

土屋は首を横に振る。

「僕は、知らないよ」

「本当に？　ほんの小さなことでもいい。教えてほしい」

加奈も必死だった。しかし、土屋はあくまで穏やかだった。

「だから僕は、何も知らないんだ」

「それじゃあ、どうしてあんなに仲がよかったあの三人と、今は何も喋らないの？　何かあったんじゃないの？」

遠回しに、あの三人が犯人ではないかと加奈は言ってしまっていた。

「お願い。土屋君の力が必要なの。何でもいいから教えてほしい。だから」

そしてもう一度、お願いと加奈が言おうとした、その時だった。土屋が割り込むようにして声を上げたのだ。

「も、もう、いい加減にしてよ！」

土屋のその声に、いや言葉に、口調に、加奈は愕然《がくぜん》とした。咄嗟に出てしまった、そんな様子だった。

今のは何?

一瞬の沈黙。お互いの目が合うと、土屋は走って逃げてしまった。加奈はその様子をただ呆然と見つめていた。

12

誰もいない四階の音楽室。加奈はグランドピアノの前に座っていた。もう、いい加減にしてよ。土屋のあの言葉が頭から抜けなかった。突然、口調が変わった。それも女言葉に。

「どうなってるの」

加奈はため息混じりにそう洩らした。いささか疲れていた。無意識のうちに加奈は静岡にいた頃のことを思い出していた。

「楓……」

山本楓に会いたかった。

「みんな……」

そしてクラスのみんなにも。

「みんなは今、どうしてる?」

無性に寂しかった。

無意識のうちに加奈は『別れの曲』を弾いていた。

楽しかった思い出を蘇らせながら、加奈は静かに鍵盤を叩く。目には涙が溢れ、やがてポツリポツリと膝へ落ちる。加奈は戻りたかった。楽しかったあの頃に。

弾き終えた加奈が涙を拭《ぬぐ》っていると、音楽室の扉が開いた。

「探したよ。ここにいたんだ」

沙也加だった。

「今、委員会が終わったんだ。ちょっといい？」

加奈は頷くと立ち上がって、沙也加と一緒に音楽室を後にした。

その直後。授業に使うための様々な楽器が置かれている隣の部屋から、土屋が首を左右にポキポキと鳴らしながら現れた。ゆっくりとグランドピアノに近づいていく。そして、それをしばらく見つめた後、いったん廊下に出ていった。

戻ってきた土屋は、消火器を手にしていた。そこには、いつもの穏やかな顔はなかった。

再びグランドピアノに歩み寄ったかと思うと、彼は消火器を振りかざした。そして、それを一気に振り下ろした。ピアノが奏でる濁った音と木の折れる音が混ざり合う。その後、土屋は何度も何度も消火器をグランドピアノに叩きつけた。

土屋の腸《はらわた》は煮えくり返っていた。頭の中が真っ赤に染まっていた。加奈が、綾乃と自分の二人だけの曲である『別れの曲』を弾いていたからだ。

それも、自分よりもうまく。綾乃の席に座っていること自体許されぬ行為だ。それにもかかわらず、あの女！

息を切らせて、土屋は消火器を床に落とした。あんなにも立派だったグランドピアノは土屋の手によって破壊されていた。あちこちに木の破片が飛び散っている。

土屋は使いものにならなくなったグランドピアノを冷たい目でじっと見据えた。

呼吸は徐々に落ち着いていく。そして呼吸を整えた土屋は眼光を鋭くさせて呟いた。

「ただじゃすまさねえぞ、あの女」


加奈と沙也加は教室に戻っていた。すでに、教室には誰もいなかった。

先に口を開いたのは加奈だった。

「それで、話って何？」

沙也加は深刻そうに頷いた。

「今日、下駄箱であんなことがあったでしょ？　ずっと気になっていて」

「噂話のこと？」

「もしかして、今日だけじゃないんじゃない？」

「実は、そうなんだ」

沙也加はやっぱりと呟いた。

「それで、どんな嫌がらせを？」

「過去、鈴木さんや仙道さんが受けていた嫌がらせと全く同じ。でも私のほうがもっと酷いかもしれない」

沙也加は深いため息をついた。

「どうしてこんなことが何度も続くのよ。もう嫌」

「ねえ、沙也加」

「何？」

「何か心当たりとかない？」

沙也加は悩んでいるようだった。

「心当たりっていっても。誰かが陰で動いているのは、確かなんだけど……」

「実はね、関綾乃さんの家に行けば何か分かるんじゃないかと思って、昨日、市村先生と一緒に行ってみたんだ」

「何か分かった？」

「分からなかった。でも不思議に思うことがあったんだ」

「何？」

「初めて知ったんだけど、土屋君と綾乃さんて恋人同士だったんだね」

「うん。すごい仲がよかった」

「その他にも川上さんや沖君、井上君とも仲がよかった。それなのに、今は全くそうじゃないんだよね。何かあったんじゃないのかな。私思うの。あの席に座っただけで無差別に嫌がらせが続くのは、綾乃さんと何か関係しているんじゃないかって。土屋君とあの三人も、それに関係しているんじゃないかって」

　加奈が話し終えると、沙也加は俯きながら何かを考えている様子だった。

「どうしたの？」

「実はね、そう言われて、思い出したことがあるの」

「思い出したって、何を？」

「本当にあの五人は仲がよかったんだ。特に土屋君と綾乃はね。でも、綾乃が行方不明になってから土屋君は暗くなった。無理もないよね。恋人が突然、自分の前からいなくなっちゃったんだから」

「そうだね」

「でもそれだけじゃなかった。あれほど仲がよかった淳子たちとも、あまり口をきかなくなったの」

「どうしてなんだろう？」

「分からない。でもちょうど一年前かな、仙道さんが転校してきて、あそこの席に座ったんだ。その頃はあそこの席が呪いの席だとは言われてなかった。綾乃の事件が起こっただけで、仙道さんが嫌がらせを受ける前のことだったからね」

「それで？」

「私、偶然聞いちゃったんだ」

「聞いたって、何を？」

「あの四人の話。何だかコソコソしていたんだけどね」

「どういう話だったの？」

「内容は分からなかった。ただ土屋君が、いい？　分かった？　って三人に言ってたんだ」

「それだけ？」

「それだけなんだけど、その時にね」

「うん？」

「その時、土屋君の口調に違和感を覚えたんだよね。いつもと違う言い方っていうか、声が全然違ったんだよね」

　その時、加奈は思い出した。

『もう、いい加減にしてよ！』

　まるで女言葉だった土屋を。

「それにね、これは私の気のせいかもしれないんだけど」

「何？」

「綾乃が行方不明になって以来、あれほど仲がよかった三人が、土屋君の名前を呼ぶのを一度も聞いてないんだ。でも、会話を交わしていないってわけじゃないの。ただ名前を呼ぶのを一度も聞いたことがないんだよね」

　加奈は何が何だか分からなくなっていた。土屋は謎が多すぎる。黒い影が潜んでいる気がした。

「それにまだ気になることがあるの」

「何？」

　加奈が身を乗り出したその時だった。突然教室の扉が開いた。

　まさか、と思わず体が凍りつく。

　恐る恐る振り返ると、そこにはクラスメートの中条美枝子が立っていた。

彼女の姿に二人はホッと息を吐く。

「ど、どうしたの？」

加奈が尋ねると中条は自分の机に向かいながら、

「ちょっと忘れ物しちゃって」

と答えた。

「そ、そう……」

中条の動きに注意しながら、沙也加に「外で話そう」と口だけ動かした。二人は立ち上がり、

「じゃあね、中条さん」

と自然な口調で彼女に別れを告げ、廊下に出た。再び気持ちを切り替えた加奈が歩きだそうとすると、沙也加が声をかけてきた。

「私、ちょっとトイレ行ってくる。先行ってて」

そう言って、沙也加はトイレに向かった。加奈は彼女の後ろ姿を見送り、階段を下りた……。

沙也加がトイレに行くと、三つの扉のうち一つが閉まっていた。放課後のこの時間、あま

りトイレを使う生徒はいないので、誰だろうと思いつつ空いている個室に入り、扉を閉めた。隣には誰かいるはずなのに、妙に静かだ。音が聞こえてしまうのが嫌で、沙也加は水を流しながら用を足した。念のためにもう一度流し、扉を開けた。隣の扉はまだ閉まっている。妙に長いなと思いながら沙也加は手洗い場に行き、蛇口を捻《ひね》った。

「サッチン」

その声に、沙也加は咄嗟に水を止めた。そして、自分の耳を疑った。サッチンと自分を呼んでいたのは綾乃ただ一人だったからである。しかし、それは明らかに綾乃の声ではなかった。

どこかで聞いたことのある声。

穏やかな口調。

顔を上げると、鏡の中に、男の顔が映っていた。驚いて振り向く前に、背後から体を締めつけられ、ナイフが首に突きつけられた。

「久しぶりだね、サッチン」

土屋裕樹は一体、何を言っているのだ。

「元気だった？」

「ナイフ……ナイフ」

ナイフに目をやって、沙也加は震えながらそう洩らした。

「これ？　これは気にしなくていいよ。でもサッチン次第だけどね」

土屋の口調が不気味に変化していく。

「お願い、それどけて」

「それじゃあ約束してくれる？」

「や、約束？」

土屋は微笑んだ。

「うん。約束」

「分かった。約束って何？　約束するから」

「絶対に破らない？」

「や、破らない。だから早く」

「絶対に？」

完全に女口調だった。

「誓う。誓うから」

その瞬間、土屋の眼光が鋭く変わった。

「破ったらどうなるか、分かってんだろうな」

突然の変貌《へんぼう》ぶりに、沙也加は唾をゴクリと呑み込んだ。

「はい」

「いいか。これ以上余計な真似《まね》をするんじゃねえぞ。これ以上あの女にベラベラ喋ってみろ。ただじゃすまさねえからな」

恐怖、そして豹変《ひょうへん》した土屋への戸惑い。それが沙也加の中で混じり合っていた。

「それとも、今この場で殺してやってもいいんだぜ」

「お願い、許して。約束は守るから」

「よし、それでいい。他のヤツにもベラベラ余計なことを喋るんじゃねえぞ。いいな」

「で、でも、どうしてこんなこと」

つい訊いてしまった沙也加の首に、ナイフの冷たさが伝わった。

「聞きたいか」

沙也加は機械のように首を横に振った。

「い、いいえ。ごめんなさい」

「いいな。でしゃばった真似すんじゃねえぞ」

はい。沙也加は怯えながらそう答えた。

首からナイフを離し、土屋は女子トイレから出ていった。沙也加はおぼつかない足取りで壁に体を預け、ズルズルと冷たい床に崩れ落ちた。

「狂ってる」

ガタガタと震えながら沙也加はそう洩らした。

暴　走

1

土屋は自分が大切にしているピアノの前に座っていた。庭に面した窓から夕日が土屋を照らしている。

楽譜などない。他の曲を弾く必要もないし、『別れの曲』は完全に覚えている。指先が自然とピアノを奏でていく。

これまで幾度となく弾いてきた。百回、二百回の次元ではない。それなのにあの女は、自分よりも美しくピアノを奏でた。許せなかった。土屋の頭の中は怒りで真っ赤に染まっていた。

土屋は鋭く目を開く。

「違う」

自分のほうが美しい。誰よりも、あんな女よりも自分の奏でる曲のほうが美しい。土屋は何度も何度も心の中で唱え続けた。

「綾乃……」

土屋は鍵盤に手を置いた。目を瞑り、『別れの曲』を弾こうとした途端、綾乃の声が聞こえてきた。

別れたいの。

ピアノの前に座っていた綾乃の突然の言葉。

「それ、どういうこと？」

綾乃が家にやってきた「あの日」の出来事。綾乃が行方不明になったあの日。

「ねえ、どういうことだよ」

「好きな人が……できたんだ」

「す、好きな人」

信じたくなかった。綾乃はいつまでも自分の側《そば》にいると思っていた。

「嘘だろ？」

綾乃の反応はなかった。

「そんなの、嘘だ。嘘に決まってる」

綾乃は辛そうに首を横に振る。

「嘘じゃないの。だから、別れてほしい」

「俺は……嫌だよ。だってもっと綾乃と一緒にいたいし、もっとピアノを教えてもらいたいし、それにすごく上達してきたんだ。綾乃もそう言ってくれたじゃないか」

「そう言われても……」

「それに綾乃は俺を愛していると言ってくれた。あれは嘘だったのか？　全部嘘だったのかよ」

口調が段々と強くなる。

「嘘じゃない！」

「じゃあどうして」

綾乃の答えはそっけなかった。

「過去は、過去ってことよ」

言いづらそうに、だが、はっきりとそう言ったのである。その言葉が土屋を変えた。

「本当に俺たち、別れるのか？」

徐々に土屋の口調が凍りついていく。

「ごめんなさい。でも友達としては今までどおりの関係を続けたいと思ってる。だから……分かって」

そんな言葉は耳に入らなかった。心の底から信じていた人間に裏切られたという事実を、どうしても受け止めることができなかったのだ。綾乃の言葉を途中で遮り、土屋は綾乃を冷たい目つきで見下ろしながらポツリと言った。

「やっぱりお前も裏切るんだな」

振り向こうとした綾乃の首に、延長コードが巻きつけられた。

「ウッ」

綾乃はうめき声を上げ、ピアノのイスに座りながらもがき苦しんだ。土屋は綾乃の首を絞めつける。無言のまま、綾乃を見下ろしながら、手に力を加えていく。

「……やめて」

綾乃は苦しそうにそう洩らした。土屋は鬼のような目つきのまま、綾乃の首を絞めつけた。

認めない。ニセモノだ。こいつは綾乃ではない。本当の綾乃は決してそんなことは言わない。決して裏切るはずがない。こいつはニセモノなのだ。

土屋の頭の中に、その言葉だけがメリーゴーラウンドのようにグルグルと駆けめぐっていた。

　ドシンという音が重く響いた。足下に倒れた綾乃を、土屋は血走った目で見下ろしていた。

　もう、綾乃は息をしていなかった。こいつはニセモノだ。綾乃じゃない。本物は自分の中にいる。土屋は心の中で何度も何度も繰り返していた。

「どうしたの？」

　部屋の扉を開けた久子が、その光景を見て声を上げた。

「裕樹！」

　しかし土屋は冷静だった。そして久子に言ったのだ。

「母さん、こいつはニセモノだ。だから殺した。本物の綾乃は僕の中にいるんだ。ずっとね」

　土屋がそう言うと久子は俯き、再び顔を上げ、優しく頷いた。

「……そう」

　土屋はそこで現実に引き戻された。

　家のインターホンが鳴ったのである。誰なのか予測はついた。

「いらっしゃい」

　扉を開けた土屋は淳子に言った。

「さあ、どうぞ」

「おじゃまします」

土屋は淳子をピアノの部屋に招いた。

「そのイスにでも座って」

「それより、今日は何？　どうして私だけ？　いつも三人で呼ばれるのに」

「まあまあいいじゃない。そんなことは」

「何か用があって呼んだんでしょ？　だったらそれを」

「聞きたい？」

「だから、何よ」

「それじゃあ、ほら座って座って」

土屋は淳子をピアノの前のイスに座らせた。淳子は背後に立つ土屋を振り返る。

「それで、何？」

「今日はね、淳子にちょっと協力してもらいたいことがあって」

「協力ならしてるじゃない。綾乃のために」

「そうなんだけど、今日はちょっとね」

「何？　瀬戸加奈のことじゃないの？」

「実はそうなんだ」

「それじゃあどうして私だけ」

淳子は警戒心をあらわにした。

「あの女、しぶといよね。なかなか私の席を返してくれない」

不気味な口調に変わり始める土屋に、淳子は言葉を返せない。

「一度は学校辞めると思ったのにさ、とうとう担任と一緒に過去のことまで調べ始めちゃってさ」

「もしかして、私たちの仕業だってことがばれてるんじゃ」

「どうだろうね。ばれてるのかもしれないよ」

淳子は慌てた口調で土屋に返す。

「だったら、これ以上はやばいんじゃない？」

「そう思っているの？」

「だ、だって……」

「それにね、今日の放課後にあの女、私が一番好きな曲を弾き始めたの。それがどうしても許せなかった」

「別れの、曲？」

土屋はゆっくりと頷いた。

「どうするつもり？」

「今までのやり方じゃ、あの女には通用しない。だからね、あの女にはもっと本格的な恐怖っていうものを抱かせてやらないと駄目なの。あそこの席から消すためにはね」

淳子は唾をゴクリと呑み込んだ。

「次は何をするの？」

「次はね……消えてもらうことにした。順番にね。あの女にジワジワと恐怖を与えるために。次は自分なんじゃないかって思わせるためにね」

「消えてもらうって、一体……」

土屋は突然、話を逸《そ》らした。

「ねえ、立って淳子」

淳子は言われたとおりに立ち上がった。土屋は庭への窓をガラガラと開いた。庭には黒い土。隣に淳子を立たせた土屋は庭の風景を見つめる。淳子は土屋から目を離せなかった。

「思えば淳子に出会って二年が経ったんだよね。早かったよね。でも寂しくなるなあ」

「ど、どうして？」

「どうしてって、そろそろ『ニセモノ』にも友達作ってあげないとね」

「ニセモノ？　ニセモノって？」

「そう、この黒い土の中にいるのがニセモノで、私が本物」

土屋は淳子の横顔を見つめながらそう言った。土屋の言葉に体が硬直した。

庭に広がる黒い土。淳子は震え始めた。

「ま、まさか、この中に……綾乃が」

震えながら言葉を洩らした淳子の耳元で土屋が囁いた。

「そうだよ」

そう言って、土屋は延長コードを淳子の首に巻きつけた。淳子はうめき声を上げ、もがき苦しむ。この光景は「あの日」と一緒だった。

淳子は苦しみながら必死に抵抗するものの、力の差がありすぎた。土屋は凍りついた目で淳子の首を力一杯絞めつける。

うめき声を洩らしながら、淳子は必死に抵抗する。土屋はさらに力を強める。

「やめて……やめてお願い」

土屋は無言のまま淳子の首を絞め続けた。淳子の力が徐々に弱まっていく。電池が切れる寸前のロボットのように。

淳子の動きが止まり、両手がダラリと垂れ下がった。力を緩めると、淳子はドサッと絨毯に倒れた。呼吸はもうしていなかった。

　淳子の死体をしばらく見下ろした後、土屋はその体を引きずって庭まで運び出した。そして、物置にあったスコップで、塀に囲まれた庭に広がる黒い土を掘り始めた。綾乃が埋められている場所とは違う場所。土屋は黙々と掘っていった。

　深さを確認すると、スコップを放り投げ、淳子の死体を深い穴の中に投げ込んだ。そして、『別れの曲』を鼻唄で歌いながら淳子に土を被せていった。

　バサ。バサ。バサ。淳子は黒い土の中に埋まっていった。これで川上淳子も行方不明になったわけである。

　土屋はスコップを手に持ったまま、首を左右にポキポキと鳴らした。そして綾乃が埋められている場所に視線を移し、言ったのだ。

「これでもう、一人じゃないね」

　スコップを物置に片づけ、部屋へ入ろうとすると、窓際に久子が立っていた。

「母さん。どうしたの？」

　人を殺した罪悪感、恐怖感などかけらもなかった。

「裕樹、あなた、また」

「そうだよ。僕、何か悪いことでもした？」

久子は首を横に振る。

「いいえ、してないわ。裕樹は全て正しい。母さんは裕樹の味方よ」

「そうだよね」

「ええ」

「それなら母さん、一つ頼みがあるんだけど。いいかな」

「裕樹のためなら何でもするわ。言って」

「一人、邪魔者がいるんだ。そいつが鬱陶《うっとう》しい」

「誰なの？」

「今、B組の担任をしている市村史朗」

「新しく来た先生ね。どうすればいいの？」

土屋は、市村を、と小さく呟き、殺してほしいんだと久子に頼んだ。

久子は一度視線を落としてから答えた。

「分かったわ」

その答えに、土屋は冷笑を浮かべた。

「ありがとう。僕も時期を見て、あの女を殺すよ。もう我慢できない。許せないよ」

そして土屋は、このまま終わると思うなよ、と呟いた。

2

瀬戸家の食卓には珍しく四人が揃っていた。剛士がいると野球中継にチャンネルを切り替えられてしまい、ウララはそれが不満のようだった。

加奈はそれどころではなかった。ここまでくると、もう嫌がらせという言葉ではすまされない。今日、写真は送られてこなかった。だからといって、安心してはいられない。写真だけでは終わらせないという、犯人からの警告のような気がしてならなかった。

それに、加奈には気になることがもう一つあった。放課後、トイレから戻ってきた沙也加の顔色は真っ青だった。そして、急に用事を思い出したと言って、走って帰ってしまったのだ。教室で会話を交わしていた時とまるで様子が違っていた。何かから逃げているようだった。話の続きとは、何だったのだろう。

「ウララ、明後日《あさって》は美智子ちゃんの家でいい子にしているのよ」

「分かってるよ」

加奈は話の内容が摑《つか》めなかった。

「明後日、何かあるの？」

「そっか、加奈は知らなかったのよね。実は明後日、ウララの学校が創立記念日でお休みなのよ。それでね、ウララが仲よくしている美智子ちゃんっていう子がいるんだけどね、その子にお泊まり会しようって誘われたらしいの。美智子ちゃんのお母さんからも電話が来て、二人とも楽しみにしているようだし、一日だけウララをお願いすることにしたの。それでね、こんな機会滅多にないし、お母さんも静恵さんの家に行こうと思っているの。実はもう静恵さんには話をしてあるんだけどね」

「静恵さんって、岡本のおばさん？」

「そうよ」

岡本静恵は、静岡にいた頃、近所に住んでいた人で、多恵とは昔から仲がよかった。

「それじゃ明後日はお父さんと二人きりってこと？」

加奈が言うと、剛士がテレビ画面から体をこちらに向けた。

「いや、俺も遅くなると思う。今忙しいからな」

「何？　それじゃあ私一人？」

「でも、お父さんは帰ってくるのよね？」

「ああ、もちろん」

「夕飯は？」

加奈は多恵に言った。

「作っておくから、温めて食べて」

明後日の夜は一人。いろいろなことがあったので不安は残るが、仕方のないことだった。

それに剛士は帰ってくるのだ。

「分かった」

「それじゃあ、留守番お願いね」

「お父さん。なるべく早く帰ってきてよ」

「ああ、分かってる」

剛士は再びテレビ画面に目を移した。夕飯を食べ終え、席を立つと同時に携帯が鳴りだした。

「ごちそうさま。誰だろう？」

液晶を確認した加奈は笑みをこぼした。

「もしもし？　楓？」

話しながら加奈は、自分の部屋まで階段を上っていく。

「加奈？　今何してた？」

「ちょうどご飯を食べ終わったところ」

　音楽室でピアノを弾いている時、楓に会いたかった。声を聞きたかった。楓からの電話が加奈には涙が出るほど嬉しかった。

「どう？　何か変わったことあった？」

　楓の問いに加奈は首を横に振った。

「いつもどおりだよ。楽しくやってる」

「よかった。こっちも相変わらずだよ」

「そっか。いいなあ。みんなに会いたいな」

「遊びに来ればいいんだよ。別にものすごく遠いってわけでもないんだし」

「そうだよね。でもお母さんは明後日そっちに一日だけ戻るらしいよ」

「え？　どうして？」

「近所で仲よくしていたおばさんの家に遊びに行くんだって。その日はウララも友達の家でお泊まり会らしいし、お父さんは仕事が遅いらしいから、私一人なんだよね」

「そっか。寂しいね。でもたまには一人もいいんじゃない？」

　そうは思えなかった。

「ま、まあね。そうなんだけど」

「何か気になることでもあるの？」

「いや、別にそうじゃないんだ。それより楓も一度家に遊びに来てよ」

「そうだね。今度みんなで遊びに行くよ」

それから十五分ほど、あれこれ話をした。

「それじゃあまたね」

「うん。バイバイ」

加奈は電話を切って、しばらく携帯電話を見つめた後、テーブルに置いた。

『もう、いい加減にしてよ！』

あの言葉、あの声がまだ耳に残っている。

突然どうしたのだろうか。あの時、土屋は思わずあんな口調になってしまったような、そんな感じだった。それに沙也加が話したことも気になる。やはり彼は本当の自分を隠しているのだろうか。以前と変わってしまったというが、実はあれが本当の土屋なのではないか。そして嫌がらせを続ける犯人は誰なのか。沙也加の話からするとやはり土屋が関係している気がする。だとしたら、あの三人も関係しているに違いなかった。

加奈はベッドに仰向けになった。沙也加からもらった三つのぬいぐるみが表情を変えずにこちらをじっと見つめていた……。

3

翌日の朝、ウララはいつにもまして上機嫌だった。明日が友達とのお泊まり会だからだろう。朝食の間はその話で持ちきりだった。

「早く明日にならないかな。早く明日になってほしいな」

何度そう繰り返していただろう。そのせいで、ウララが朝食を食べ終わるのに時間がかかり、家を出る時間が少し遅れてしまった。

「行ってきます。ウララ、早く」

行ってらっしゃいという多恵の声を背に、加奈とウララは自宅を出たのだった。

早歩きで二人はいつもの道を歩いていく。その間もウララは、明日が楽しみだ、明日が楽しみだと連呼しており、加奈はやれやれと小さく微笑んだ。

ウララと別れた加奈は急いで学校へ向かった。どうにか遅刻しないですみそうだ。

もうじき校門というところで、圭輔と大輔の姿が目に入った。淳子はどうしたのだろう。

三人を疑っているにもかかわらず、加奈は二人のところまで駆け足で向かい、声をかけた。

「おはよう」

　圭輔と大輔の表情は曇っていた。

「お、おはよう」

「川上さんは？　今日は休み？」

　そう尋ねると圭輔が口を開いた。

「昨日から帰っていないらしいんだ」

「どういうこと？」

「一度家に帰ってきたらしいんだけど、それからいなくなったって、淳子の母ちゃんが」

「二人に連絡はないの？」

　圭輔と大輔は顔を見合わせる。

「ああ」

「心当たりもないの？」

　再び二人は顔を見合わせた。

「さ、さあ……」

　どうも嫌な予感がする。何か事件に巻き込まれたのではないのか。それも私自身に関係していることで何か……。

　教室に入ると、沙也加と目が合った。

「おはよう」

声をかけると沙也加は俯いてしまった。

そして、逃げるように廊下へ出てしまった。様子がおかしいのは明らかだ。不思議に思いながら、加奈は自分の席に向かった。隣には、すでに土屋が座っている。彼は加奈と目を合わせようともせず、静かに前を向いていた。昨日のことがあったので、声をかける気にもならなかった。

チャイムが鳴り、市村が教室に入ってくると、間もなくホームルームが始まった。話は昨日の音楽室の件からだった。誰かが音楽室のグランドピアノを破壊したのだという。沙也加を待っている間、弾いていたピアノだ。あの後、誰かが音楽室に入ったのだろうか。

「……瀬戸」

自分の名前が呼ばれているのに気がついた加奈は我に返った。

「は、はい」

沙也加の号令でホームルームが終了すると、加奈は市村に呼ばれた。

「昨日から川上が家に戻っていないらしい」

「ええ、聞きました」

「誰に聞いた？」

「沖君と井上君です」

「そうか。今朝、川上のお母さんから電話があったんだ。一度は帰ってきたが、気がついたらいなくなっていたらしい。携帯に何度連絡しても、全く繋がらないと言っていた。警察にも届けは出したそうだが、まだ見つかっていないらしいんだ」

「どこへ行ったんでしょうか」

「分からん。ただ何か嫌な予感がする。川上の身に何かあったんじゃないだろうか」

その可能性がないとは言えない。

「沖と井上は他に何か言っていなかったか?」

「いえ、心当たりはないと」

市村は、そうかと呟いた。

「それと先生。昨日少し気になることがあったんですが……」

「土屋か? どんな話をしたんだ?」

「実は……」

加奈は昨日の出来事を全て市村に話した。

「妙だな」

「土屋君は綾乃さんの件には触れてほしくないみたいでした。それと仲のよかった三人についても」

市村は腕を組んで考え込んでいた。

「分からん。とにかく土屋の件は後だ。今は川上のことが優先だ」

「そうですね」

授業開始のチャイムが鳴った。

「それと、瀬戸」

「はい」

「お前に対してはどうなんだ。何かあったか？」

「いいえ、写真は送られてきませんでした。でもそれが逆に何だか……」

「大丈夫。あまり考えすぎないほうがいい」

加奈は、そうですよね、と不安気に答えた。そして加奈は教室へ、市村は体育の授業のため、階段を下りていった。

4

授業が終わり、生徒たちは次々と下校していく。B組に最後まで残っていたのは圭輔と大輔だった。二人は静かな教室で密《ひそ》かに話をしていた。

「どういうことだよ。どうして淳子がいなくなるんだよ」

言ったのは圭輔だった。

「知らねえよ。こっちが訊きてえよ」

「お前、淳子から何も聞いてないのか？」

圭輔が大輔に訊く。

「いや、聞いてない。お前だって聞いてないんだろ？」

「ああ、何も。わけが分かんねえよ」

「土屋は何だって？」

大輔のその言葉に圭輔は慌てて口を挟んだ。

「おい、土屋って言うな」

「ああ、悪い。それであいつは何だって？」

「何を訊いても首を傾《かし》げてた。分からないって。でも怪しいぜ」

「ああ、そうだな」

「やっぱり何かあったんじゃないのか？　淳子とあいつの間に」

「何かって？」

「いや、それは分からないけど。トラブルか何かがあったんじゃないのか」

「だとしても、どうして淳子とあいつがトラブるんだよ」

「そんなこと言われたって、俺には分からないけどさ」

「だとしたら俺たちも危なくないか？」

大輔の言葉に圭輔の顔が引きつった。

「ど、どうして俺たちが危ないんだよ。いつも、あいつの言うとおりに動いてきたんだぜ？」

「でも、瀬戸と市村が動いているんだろ？　あの二人があいつを刺激したとして、もし、あいつがキレたりでもしたら……俺たちだって」

「脅かすなよ」

「でもよ、現実に淳子がいなくなってるんだぜ？」

「でもまだあいつだって決まったわけじゃないだろ」

「まあ、そうだけど」

それから少々沈黙した。

「とにかく、今は様子を見るしかない。淳子からの連絡を待とう」

「ああ、そうだな」

土屋は自宅のピアノ部屋で『別れの曲』を満足そうに弾いていた。窓を開いていたため、ピアノの音は外に大きく洩れていた。そして弾き終えると外からパチパチと小さな拍手が聞こえ、土屋は音のほうに体を向けた。拍手をしている人物が小さいのか、塀の向こうには何も見えなかった。

土屋は立ち上がって玄関を出ると、外を確認した。そこには黄色い帽子を被り、赤いランドセルを背負った小さな女の子が立っていた。

「今ピアノ弾いていたの、お兄ちゃん？」

土屋は満足そうに頷いた。

「うん。そうだよ」

「上手だね。本当に上手」

「ありがとう。君は何年生？」

土屋は優しい口調で女の子に訊いた。

「一年生」

「そう。そこの小学校の子かな？」

「うん。そうだよ。今までお友達と校庭で遊んでたの」

土屋は、そう、と優しく返す。

「ピアノが好きなの？」

「うん。大好き。お姉ちゃんに教えてもらうの」

「お姉ちゃんがいるんだ。お姉ちゃんはピアノ上手なの？」

「うん。上手だよ。お兄ちゃんよりも、ずっと上手」

その言葉で土屋の表情がピクリと引きつった。

「そんなにお姉ちゃんは上手なんだ。すごいな」

「うん。だから早くお姉ちゃんみたいになりたいんだ」

「そうだね。上手になれるといいね」

「うん」

そこで土屋は話題を変えた。

「ところで、君のお名前は何ていうのかな？」

「瀬戸ウララでーす」

「へー、ウララっていうの。かわいい名前だね」

「お兄ちゃんは？」

「お兄ちゃん？　お兄ちゃんは、お兄ちゃんのままでいいよ」

するとウララは首を傾げた。

「へんなの」

再び土屋の表情がピクリと引きつった。

「ところで、ウララちゃん」

「何？」

「ウララちゃんは瀬戸っていう名字なんだよね？」

「うん、そうだよ」

「お姉ちゃんがいるんだよね？」

「うん。さっき言ったじゃん」

土屋はウララに、ごめんごめんと謝り、ピアノが上手なのか、と怪しい口調で呟いた。

「それでウララちゃん。お姉ちゃんは何ていう名前なのかな？」

ウララは不思議そうな顔で答えた。

「お姉ちゃん？　お姉ちゃんはカナって名前だよ」

土屋はニヤリと微笑み、ふーんと頷いた。

「そう。加奈っていうの」

「それがどうしたの？」

「ううん。何でもない。それよりウララちゃん。ピアノが好きって言ってたよね」

ウララは笑みを浮かべる。

「うん。大好き」

「それじゃあさ、お兄ちゃんに、ウララちゃんのピアノ聴かせてくれないかな？　お兄ちゃん、ウララちゃんのピアノ聴きたいな」

ウララは迷っている様子だった。

「でも……」

「ね？　お願い。お兄ちゃんにピアノ聴かせてよ」

土屋はしつこくウララに頼んだ。ウララは考える仕草を見せて、深く頷いた。

「うん。分かった。いいよ」

「ありがとう。楽しみだな。それじゃあウララちゃん。こっちへおいで」

土屋はウララをピアノ部屋に案内した。

「ほら、これがお兄ちゃんのピアノだよ」

「立派なピアノだね。家のピアノと同じくらい」

「そっか。そう言ってもらえるとお兄ちゃん嬉しいな。ちょっと待っててね、今ジュース持ってくるから。オレンジジュースでいい？」

「うん」

コップに注いだオレンジジュースを持ってきてウララに手渡した。

「はい、どうぞ」

「ありがとう」

ゴクゴクと、ウララは一気に飲み干した。

「ごちそうさまでした」

「もう飲んじゃったの？　早いな」

「だって早くピアノ弾きたいもん」

「そっか、そうだよね」

土屋はウララからコップを受け取り、台所に持っていった。ピアノ部屋に戻る際にウララの声が聞こえてきた。

「お兄ちゃん」

「何？」

「この人、誰？」

ウララが指をさしていたのは写真立てだった。笑顔の綾乃がこちらを向いている。

「この人？　この人はね、お兄ちゃんの恋人なんだ」

「ふーん。恋人ね。この人とつき合ってるってことなの？」

小学一年生にしては随分と大人びた質問だった。土屋はその質問に迷うことなく頷いた。

「うん。そうだよ。今も恋人同士なんだ」

「ふーん。そうなんだ」

「それよりウララちゃん。お兄ちゃん、早くウララちゃんのピアノ聴きたいな」

「うん。分かった！」

言ってウララは鍵盤に両手を置いた。

「それじゃあ弾くよ。いい？」

「うん。いいよ」

土屋の言葉でウララは『猫ふんじゃった』を演奏し始めた。途端に土屋の顔からは笑顔が消え、ウララの真後ろに立つ。

「上手だね。ウララちゃん」

ウララの真後ろに立つ土屋は首を左右にポキポキと鳴らし、鋭く目を光らせた。

5

加奈が人差し指で小刻みにテーブルを叩く音が静かな室内を支配していた。

そして落ち着かない様子で時計を確認する。

「もう七時過ぎたよ。やっぱり遅すぎるよ」

加奈の言葉に多恵は無言だった。電話の前で呼び出し音が鳴るのを待ち続けていた。

普段、遅くても四時には帰宅するはずのウララが七時を回っても帰ってこないのである。心配になった多恵は、六時になった段階でまず剛士に連絡を入れた。剛士は今すぐ会社を出ると言って電話を切った。それからすぐに多恵はウララの担任である庄司に連絡した。庄司は校庭でウララが友達と遊んでいるのを職員室の窓から見ていたらしい。一人は、明日ウララが泊まりに行く予定の沖浦美智子。もう一人は仲よしのクラスメートの植村恵美子とのことだった。話を聞いて、庄司はこれから早急にウララを捜してみると言って電話を切った。

沖浦美智子と植村恵美子の自宅に電話をしたが、どちらの家にも来ていないという。可能性が閉ざされて、多恵は今にも泣きだしそうだった。

時が経つにつれて加奈の不安は増していった。六時半に一度、剛士から電話があった。じっとしていられなかったのだろう。多恵は家の近くを捜しに出ていたため、その電話は加奈が取った。まだ帰ってこないことを確認すると、剛士は、今、家に向かっているからと言って再び電話を切った。

六時四十五分に庄司から電話がかかってきた。ベルが鳴ったと同時に多恵が戻ってきたため、加奈は受話器を渡した。期待とは裏腹に、その電話は加奈や多恵を安心させるものではなかった。多恵はため息をつきながら受話器を置いた。それから何の動きもなく、とうとう七時を回ってしまったのだ。誰もがウララは連れ去りに遭ったのではないかという言葉を必死に呑み込んでいた。

「やっぱり警察に連絡しようよ」

もう我慢の限界だった。

「そうね」

多恵が受話器を取りかけると玄関で音がした。急いで玄関に行くと、そこにいたのは剛士だった。隣には庄司も立っていた。

「たまたまそこで先生に」

庄司は頭を下げる。

「あれから公園やいろいろな所を捜してはみたんですけれど……」

「すみません」

「それで、どうなんだ？　ウララはまだ帰ってきていないのか？」

多恵は辛そうに頷いた。

「ええ」

「警察には連絡したのか」

「今しようと思っていたところ」

とにかく警察に連絡しようと、四人はリビングに移動した。

加奈はソファに座り、前屈みになって両手で顔を覆っていた。

隣では、剛士がスーツ姿のまま、警察に電話をしている。

まさかこんなことになるなんて……。淳子の次はウララだ。どうして自分の周りの人ばかりがこんなことに。同じ犯人の仕業だろうか。自分だけではなく、身内にまで。そう思った途端、加奈は恐ろしくてたまらなくなった。

「それで、警察のほうはなんて？」

受話器を置いた剛士に多恵が訊いた。

「とにかくこのまま待機だ。一度こっちへ来るらしい」

加奈は深いため息をついた。そしてウララの言葉を思い出していた。

早く明日にならないかな。

ウララはいつも以上に明るかった。一緒に家を出て登校したのだ。それなのにどうしてウララがこんなことに。

「私、もう一度近くを捜してきます」

多恵の言葉に庄司も続いた。

「そうですね。私も行きます」

加奈も立ち上がる。

「私も行くわ」

「それじゃあ頼む。俺はここで警察が来るのを待つ」

「それじゃあ先生」

「はい」

一足先に多恵と庄司が玄関に向かった。その時だった。

「ウララ！」

多恵の声が家中に響いた。

「ウララ！」

玄関には、何事もなかったかのようにウララがポツンと立っていた。

「ただいま。鍵使おうと思ったけど、開いてたよ」

多恵は真っ先にウララの元に駆け寄り、思いきり抱きしめた。

「ウララ……よかった」

「痛いよ。離してよ。どうしたの？」

多恵は体を引き離し、ウララを怒鳴った。

「どうしたのじゃないでしょ！　今まで何やってたの？　みんな心配してたのよ！　先生にだって来てもらったのよ」

「だって……」

多恵は言い訳する間も与えなかった。

「だってじゃないでしょ！　今までどこで何してたの？」

「それはね、絶対に内緒」

「内緒じゃない！　言いなさい！」

「だって約束したんだもん。お兄ちゃんと！　約束を破ったらウララ悪い子になっちゃうもん！　約束を破る子は悪い子だってお兄ちゃん言ったもん！」

お兄ちゃん？　加奈はそこに引っかかった。

「お兄ちゃん？　お兄ちゃんて誰なの？　言いなさい」

「やだ！　約束したんだもん！」

泣きそうなウララを見て剛士が言った。

「まあとにかくよかったじゃないか。何事もなくて。安心したよ」

剛士の言葉で多恵は冷静さを取り戻したようだった。

「そうね。でもウララ、もう心配させないで。これからは絶対に知らない人と遊んじゃ駄目よ。分かった？」

「そうよ、ウララちゃん。先生もすごく心配したのよ」

庄司が言うとウララは、ごめんなさいと謝った。落ち込んでいるウララに剛士が近づいた。

「ウララ、お腹空《なかす》いてないか？」

優しい口調で剛士がそう言うと、ウララはうんと頷いた。それを見ていた加奈は再び安堵の息を洩らした。

一段落して、多恵は何度も庄司に頭を下げた。

「本当にすみませんでした」

「いいえ、何もなくてよかったです」

「本当にありがとうございました」

とんでもないです、と言って庄司はウララに声をかけた。

「それじゃあ明後日、学校でね」

「うん。バイバイ」

「バイバイ」

庄司が帰った後、しばらくして警察がやってきたが、事情を話して帰ってもらった。人騒がせと思われようが、そんなことを言っている場合ではなかった。

騒ぎにはなったが、食卓には四人が揃っていた。あれから多恵がしつこく、どこで何をしていたのかと問いつめたが、ウララは決して喋ろうとしなかった。何かが引っかかったが、ウララが無事に帰ってきてくれただけで加奈はよかったと思っていた。そして、ウララの言っていたお兄ちゃんが誰だったのかなど、加奈は知る由もなかった。

6

昨夜《ゆうべ》の騒ぎから一夜が明けた朝は、相変わらず忙しかった。いや、それ以上の忙しさであった。朝からウララが興奮していたのである。

「楽しみだな。楽しみだな」

昨夜、あんなことがあったので、多恵はウララを静岡に連れていこうとした。しかし、絶対に嫌だとダダをこねられ、仕方なく多恵は美智子の母親にウララを任せることにした。そして予定どおり、多恵は一人で静恵の家に向かうことに決めたようだった。

剛士も仕事で遅いはずだ。心細いとはいえ、剛士は帰ってくるのだ。しかも、毎日のように続いていた嫌がらせは、下駄箱の一件以来、ピタリとやんでいた。しかし、あれから、いろいろなことが起こっている。

女口調で話す土屋を見た後、過去のことを話してくれた沙也加の態度はよそよそしくなった。淳子は見つからないし、ウララの連れ去り騒ぎがあった。加奈自身への嫌がらせがなくなったことが、むしろ奇妙だった。何も解決していないのに、これで終わるはずがない。

「こら、ウララ、早く食べなさい。学校遅れるでしょ」

なかなか朝食を食べ終わらないウララを多恵が促した。

「はぁい」

返事をするものの、ウララはまだニコニコと微笑んでいる。よほど今日のお泊まり会が楽しみなのだろう。

「ねえ加奈？」

「何？」

加奈は多恵に体を向ける。

「本当に一人で大丈夫？」

加奈は笑顔を作った。

「何言ってるの。大丈夫だよ。子供じゃないんだし。だからお母さんは心配しないで楽しんできてよ」

「そう言ってもらえると助かるわ」

多恵は加奈に微笑んだ。正直言えば一人は怖い。けれど加奈は言葉には出さなかった。家の中ではいつもの自分を保ち続けていた。

朝の慌ただしさもようやく一段落がついた。加奈がウララに玄関で靴を履かせていると、玄関に多恵がやってきた。

「それじゃあ、夕食作っておくから。お味噌汁も温めればいいようにしておくから」

「うん。分かった」

「それと、戸締まりはしっかりしておくのよ」

「はいはい、分かりました」

「お父さんにもなるべく早く帰ってくるように言っておいたから」

「うん。ありがとう」

ウララが靴を履き終えた。

「それじゃあ行ってきます」

「はい、行ってらっしゃい」

玄関を開けて、二人は家から外に出た。

「今日は楽しみだね」

加奈が言うとウララは元気よく頷いた。

「うん。楽しみ」

ウララは続ける。

「でもお姉ちゃん。一人で寂しくない？」

「お姉ちゃんは大丈夫だよ。ウララみたいに弱虫じゃないもん」

そう言うとウララはそれを否定した。

「ウララだって弱虫じゃないよ！」

「ゴメンゴメン。またピアノ教えてあげるからそれで許して」

「それなら許してあげる」

ウララは生意気な口調でそう言った。加奈はやれやれと微笑んだ。

「けどウララもだいぶピアノが上手になってきたね」

「本当に？　昨日お兄ちゃんにも誉められたんだ」

お兄ちゃんとは一体誰のことなのか。再びそれが頭の中に浮かんできた。

「ねえウララ。お兄ちゃんって、どこのお兄ちゃんなの？」

そう訊くと、ウララはブルブルと首を横に振った。

「駄目。それは内緒。約束したんだもん」

無駄だった。絶対に話すつもりはないらしい。

「はいはい、そうですか」

「だって約束したんだもん」

「分かったよ。もう訊かないよ」

それを最後に、二人はいつもの別れ道で立ち止まった。

「気をつけるのよ」

「うん。行ってきまーす」

「行ってらっしゃい」

加奈はウララの後ろ姿を見つめていた。その時、加奈は妙な感覚にとらわれた。どうしてだろう、この日はウララが自分の元から遠ざかっていく光景が、なぜか怖かった。もう二度と会えないのではないかという思いが、加奈の頭をよぎった。


教室に入ると、相変わらず騒がしかった。なぜか沙也加は目を逸らす。圭輔と大輔もすでに来ていたが、妙にソワソワしていて、話しかけられる雰囲気ではなかった。淳子のことが気になっているのだろう。二人とも、何も心当たりはないと言っていたが、今の様子を見ていると本当なのか疑いたくなる。いつもと違うのは、土屋が席にいないことだった。加奈のほうが先に教室にいるなんて初めてだった。単に遅刻しているだけかもしれないが、妙に気がかりだった。

結局、淳子と土屋は欠席だった。圭輔たちの様子を窺《うかが》うと、何かに怯えているようだった。

ホームルームが終わると、加奈は市村に呼び出された。恒例になっているようだ。

「どうだ？　何かあったか？」

加奈は首を横に振った。

「そうか」

静かすぎてそれが逆に怖かった。

「それで川上さんは？」

「いや、今朝また川上の母親から連絡があった。連絡も何もないし、行方不明のままらしい」

「そうですか」

「それと土屋だ」

「どうしたんですか？」

「特に欠席の連絡は来ていないんだ」

「それがどうかしたんですか？」

「いや、何となく気になってな。これから土屋の家に連絡してみようと思うんだが」

加奈は話を戻した。

「それにしても川上さんが心配ですね。何かあったとしか思えません」

二人して考え込んでいると、授業開始のチャイムが鳴り、加奈は教室に戻った。

昼食後、加奈は再び市村に呼び出された。

「どうしました？」

「土屋のことだけどな」

「はい」

「あれから土屋の家に電話をしてみたんだ。だけど、誰も出ないんだよ」

「家の人も出ないんですか？」

「ああ、ずっと鳴りっぱなしだ。何回電話しても同じだ」

「家にいないんでしょうか」

「それは分からない」

「でも家にいないとしたら、どこへ」

「それが気になるんだ。川上のこともあるし、ちょっとな」

「そうですね」

　今度は土屋が消えたのだ。

「沖と井上は土屋のこと、何も言ってなかったか？」

　ソワソワしている二人が加奈の脳裏に浮かんだ。

「いえ、何も。様子はちょっとおかしいですけど」

「ああ、確かに」

　それには市村も気づいているようだ。

「何かあったんでしょうか。土屋君を含めた四人の間に」

　市村は腕を組み、唸り声を上げた。

「一体どうなってるんだ……」

　土屋のことも淳子のことも謎のまま、そしてB組の噂の真相も依然として不明だった。しかし、放課後から事態は急激に動き始めた……。

7

「市村先生」

振り向くと、そこには山田が立っていた。

「生徒が呼んでるよ」

入口に目を向けると、そこには磯部が立っていた。

「磯部」

意外に思いながら、市村は磯部の元へ歩み寄った。

「どうした？　顔色、悪いぞ」

磯部は黙っている。

「どうした？」

そう言うと、磯部は俯いたまま小声で言った。

「先生、話したいことがあるんです。ちょっといいですか？」

「……廊下に出ようか」

「はい」

まだ、ちらほらと生徒が残っていた。緊迫した雰囲気の中、市村が先に口を開いた。

「話というのは何だ？」

磯部は俯いたままだった。

「ん？　黙っていたんじゃ何も分からないだろうが」

そう言うと磯部がおずおずと口を開いた。

「この前先生に言われたことです。あれから僕、耐えられなくて」

「大丈夫だ。話してみろ」

「実は僕、脅されていたんです。ずっと」

「誰に脅されていたんだ？」

ここまで言って、磯部はまだ躊躇っている様子だった。

「お前が話したことは内緒にしておくから」

そう約束すると、しばらく考えた後、磯部はこう言った。

「川上淳子と、沖圭輔と、井上大輔の三人です。この三人の命令で僕はずっと動いていました」

それを聞き、市村は息を吐いた。

「そうか」

「それが始まったのは仙道さんが転校生としてクラスにやってきて、あそこの席に座ってからでした。三人が突然僕にフィルムを渡してきたんです。黙ってこれを現像しろって。何も知らなかった僕は、初めは素直に了解しました。でもいざ現像してみると、仙道さんをつけ回している写真だったんです」

「それを三人が送りつけていたというわけか」

「はい、多分。その他に何があったのかは知りません。でも、その写真が公の場で問題になった時、僕はもう怖くて怖くて仕方ありませんでした。徐々に、あそこの席は呪われていると噂になり始めて、次の犠牲者は鈴木さんでした。同じように三人に脅されて、僕は仕方なく言われたとおりに現像しました。でも鈴木さんはそのせいで自殺までしてしまった。それなのに、まだ三人は僕を脅し続けたんです。今の標的は瀬戸さんです」

「こんなこと、今更言っても仕方ないが、どうしてお前は断らなかったんだ」

「断れなかった。怖くて。それにあの三人も怯えている様子でした」

「怯えている？」

「はい、一度沖が僕に言ったんです。俺たちだってやりたくてやっているわけじゃないって。だからあの三人も誰かに脅されているんじゃないかって思いました」

「それが誰なのかは分からないのか？」

「それは分かりません。本当に」

　しかし、市村にはそれが誰なのか確信があった。

「先生。ごめんなさい。ずっと怖くて、ばれるのが怖くて、言いなりになっていました」

「言いなりになっていたお前も悪い。だがな、人間というのは弱い動物だ。お前を責めることはできない」

「……先生」

「大丈夫。後は任せろ」

磯部は俯いたまま、顔を上げようとはしなかった。

「な？」

やがて、落ち込んだ様子で頷いた。

「はい」

「それじゃあ、もう行っていいぞ」

「はい……失礼します」

磯部は肩を落として、その場から去っていった。その後ろ姿を見送った後、市村は職員室に戻ったのだった。

職員室に戻ると今度は電話だった。

「市村先生。電話」

山田が受話器を持ちながら言った。

「はい、すみません」

市村は歩調を早め、山田の耳元で囁いた。

「誰からですか？」

「土屋裕樹の母親だ」

「母親？」

市村は受話器を受け取った。

「もしもし、お電話代わりました、市村です。土屋裕樹君のお母さんですか？」

「そうです。今日はすみませんでした、連絡もせずに。心配をおかけしました」

「いえいえ。でも心配していたんですよ。何回電話しても出られなかったので」

「すみません」

「それで、土屋君はどうしたんですか？」

「いえ、何かあったというわけではないんですが」

母親の話は、どうも要領を得ない。

「あの、先生」

「はい？」

「息子のことなんですが」

「どうしました？」

「先生に大事なお話があるんです」

市村は間を置いた。

「大事な話ですか？」

「はい、そうです」

「どんなことでしょう？」

するとと彼女は一つ間を置いて、こう言った。

「電話では……ちょっと」

市村は返答に困った。

「あの、先生？」

「はい」

「これから、家に来ていただけないでしょうか」

「これから、ですか」

「はい。お忙しいですか？」

市村に迷いはなかった。大事な話というのは、噂話に自分の息子が関与しているということなのだろうと確信していたからだ。

「いえ、大丈夫です。それじゃあこれから伺います」

「わざわざすみません。お待ちしておりますので」

「はい、失礼します」

市村は受話器を置いて、一つ息を吐き、土屋の家の住所を調べ始めた。

「何だ、ここから意外と近いな」

ということは、瀬戸の家からも近いということだ。

「どうした？　土屋の母親は何て？」

後ろから山田が声をかけてきた。

「何だか、大事な話があるから家に来てほしいって」

「大事な話？」

「ええ。実は……」

市村は先ほど磯部から聞いたことを話した。

「そうか。そうだったのか。それで君は土屋がその三人を脅していたと」

「はい、これまで調べてきて、そんな気がするんです。だから大事な話というのもきっとそのことだと」

山田は、そうかと呟いた。

「はい。ですからこれから行ってこようと思います」

「分かった。気をつけて」

市村はジーパンにトレーナーといった普段着に着替え、学校を後にしたのだった。

「やっぱりどう考えたっておかしいぜ」

言ったのは圭輔だった。

「ああ、淳子からはずっと連絡も何もないし。あいつだって俺たちに何も言ってこない。瀬戸のことで何も命令してこないし」

「一体、どうなってるんだよ」

圭輔が苛立って小さく叫ぶと、大輔がポツリと呟いた。

「まさか淳子のヤツ」

「な、何だよ」

「あいつに殺されたんじゃないだろうな」

「ば、馬鹿言うなよ。どうして淳子が殺されなきゃいけないんだよ」

「だって、二人の間にトラブルがあったかもしれないんだぜ。そうしたら、殺されたって不思議じゃない」

「で、でもよ、いくらなんだってそれは」

「いや、可能性はあるんだ。綾乃が消えた本当の理由は、あいつが綾乃を殺したんじゃないかって、一度話したことがあったじゃないか」

「あ、ああ……確かに」

「それによ、俺たちは聞いてるんだぜ。綾乃から話を。その次の日に綾乃は消えたんだ。やっぱり殺されたんだよ、綾乃は」

するとと突然圭輔は興奮し、強気になり始めた。

「だとしたら冗談じゃねえ。俺たちがあいつに従う理由はどこにもねえよ」

「それじゃあ、お前はあいつを裏切るのか？」

「裏切るもなにも、あいつが俺たちを裏切ったんだろ？」

「もし、あいつが本当に淳子を殺したんだとしたらな」

「どっちにしても、もう俺は降りる。あいつとは関《かか》わらねえ。お前もそうしたほうがいい」

大輔は迷っている様子だった。

「あ、ああ……」

「どうした？」

「いや、何でもない」

「もう、行こう。こんなとこ市村に見られたら怪しまれる」

「ああ、そうだな」

大輔が何かを気にしているのは明らかだった。

「帰ろうぜ」

圭輔が大輔にそう言った。

「いや、今日は塾があるんだ。だから方向違うからさ。こんな時にあまり行きたくないけど」

「休んじまえよ」

「そういうわけにもいかないんだ。休むと母ちゃんがうるさいからさ」

「そうか。仕方ないな」

「ああ、悪い」

「じゃあ先に帰っていてくれ。俺、トイレ行ってくるわ」

「ああ、分かった。じゃあな」

「それじゃあ」

二人は教室の前で別れた。

圭輔は誰もいないトイレに入った。中は不気味なほど静かだった。

圭輔は便器の前に立ち、チャックを下ろした。用を足している間、圭輔は独り言を繰り返していた。

「全く冗談じゃねえよ、あの野郎。頭おかしいんだよ」

静まり返ったトイレで、圭輔は不満をぶちまけた。

「絶対あいつとは関わらねえからな」

圭輔がチャックを上げた時、耳元で声がした。

「あいつって？」

突然の声に驚いて振り返った。その時にはもう金槌《かなづち》が脳天に振り下ろされていた。

「うっ！」

冷たい目。土屋だった。もう一度鈍い音がし、圭輔の頭から血が飛び散った。

「うわ！」

金槌で何度も殴られ、圭輔は床に倒れ込んだ。やっとの思いで土屋の足を摑みながら、圭輔は言葉を洩らした。

「て、てめえ……」

土屋の鼻唄が聞こえてくる。『別れの曲』か？

次第に意識が薄れていく。土屋の声が遠くに聞こえた。

「俺を裏切る奴は絶対に許さねえからな」

ガン。そのひと振りが最後となった。圭輔の意識はプツリと途絶えた。

8

「お忙しいところ、すみません。どうぞ」

　市村は土屋の母、久子に部屋に案内された。おそらく背中まで伸びているのであろうその髪は、肩の辺りで器用に束ねられている。化粧は濃い。こんな時に市村は妙な観察をしてしまった。

「おじゃまします」

　市村が家に上がると、なぜか久子は二階に上がっていく。リビングは二階かなと思いながら尋ねた。

「あの、お母さん」

「はい」

　振り返りもせず、久子は言葉を返してきた。

「裕樹君は？」

「さあ、どこへ行ったんでしょうね」

　二階へ上がると、二つの扉が並んでいた。久子は向かって左側の扉を開いた。

「先生、どうぞ」

そこは、話し合えるような部屋ではなかった。

「ここは？」

閉じられたカーテンの隙間から射し込む光が、室内を微かに照らしていた。部屋の右隅にはベッドが、左手には勉強机が置かれている。机の上には様々なカメラが置かれていた。それ以外は何もない、あまりに殺風景な部屋だった。市村の目は、カメラに釘付けだった。嫌がらせの写真が脳裏に浮かぶ。

「ここは裕樹の部屋です」

高校生の部屋にしては寒々しい。明かりが少ない分、不気味に思えた。土屋の母親は自分をここに連れてきて、一体何を話したいのだろう？

「中学にあがった時から、この部屋は裕樹の部屋として使われてきました」

久子が突然語りだした。

「どういうことでしょうか？」

「以前、この部屋は主人が使っていたんです」

使っていた？

市村は、思いきって訊いてみた。

「あの、失礼ですがご主人は？」

久子は横顔を向けたまま、こう答えた。

「離婚しました。それ以来、この部屋は裕樹が使うようになりました」

「そうだったんですか」

「離婚する前はすごく子供思いのいい人だったんです。カメラが大好きで。腕は別として、ただ写真を撮ることが好きでした。休日には、裕樹と一緒にいろいろな写真を撮りに出かけていました。いつしか裕樹も写真が趣味になっていたようです。あの人と一緒に写真を撮っていた裕樹はいつも笑っていました。本当に幸せな日々だったんです」

市村は黙って久子の話を聞いていた。そこで、突然、久子の口調が鋭くなった。

「それなのにあの人は、私以外に女を作り、私と裕樹を捨てて家を出ていったんです。ショックでした。当分の間、立ち直れなかった。でもそれ以上にショックを受けていたのが裕樹です。あの子は父親に裏切られたと思い込み、それがトラウマとなって、裏切りという行為に過剰反応を示すようになりました」

「過剰反応ですか？」

「ええ、そうです。私が知る限り、それが現れたのは二回です」

妙な緊迫感が漂っている。

「最初は自分が父親に捨てられたのだと認識した時です。狂ったように、今まで撮った写真を集めだしたかと思うと、それらを庭にばらまいて火をつけたんです。だからあの人と撮った写真はもう一枚も残っていません」

市村はそれを聞き、唾を呑んだ。嫌がらせを指示し、陰の首謀者として動いていた土屋が浮かび上がってきたのだ。

「二度目は？」

市村がそう尋ねると、久子は言った。

「いずれ分かります」

「は？」

思わず市村は聞き返してしまった。しかし、久子の耳には届いていない様子だった。

「私はあの子を裏切らないよう努力しました。あの子の頼みに、一度だって首を横に振ったことはありません」

この母親はどこかおかしい……。

「中学の間は父親に裏切られたショックからなかなか立ち直れないようでした」

話の先が気になった。市村は真剣に久子の話に聞き入った。

「それが高校に進学してからはガラリと変わったんです。明るい頃の裕樹に戻ってくれました」

「関綾乃さんに出会ってからですか？」

「よくご存じですね。そのとおりです。優しい子だと裕樹はいつも言っていました。それとピアノがとても上手でした」

「ええ、そうだったみたいですね」

「それから裕樹はピアノが趣味になったようです。うまくなりたいからピアノを買ってくれと言ってきたんです。もちろん買ってやりました。あの子はとても喜んでいました。それからは毎日ピアノの練習を欠かしませんでした」

　そのピアノはどこにあるのだろうと市村は気になった。

「実を言うと、高校に入ってから、裕樹はもうこの部屋にはあまり出入りはしていません」

　言っている意味がよく分からなかった。

「どういうことでしょうか」

　久子は何も言わず、部屋から出ていった。市村は首を傾げながら、その後をついていく。どこへ行くのかと思いきや、今度はまた一階に下りていくのだ。

「あの……」

「どうぞ」

部屋に入ると、そこにはアップライト・ピアノが置いてあった。その上には笑っている、関綾乃の写真が飾ってあった。

「これが……」

「ええ、そうです」

「立派なピアノですね。それに手入れも行き届いている」

「裕樹はこのピアノを何よりも大切にしています。一日も欠かさずにあの子はピアノを弾き続けています。手入れだって欠かしません」

「よほど、ピアノを弾くのが好きなんですね」

「ええ」

久子は頷き、そして呟いたのだ。

「それなのに、あの女」

その言葉に、市村は鋭く反応した。

「何か？」

久子は穏やかな笑みを浮かべる。

「いえ、何でも」

気のせいだろうか。

「さっきも言ったように、裕樹は綾乃さんに出会ってからピアノを弾くことに喜びを感じていました。私も安心していました。そして綾乃さんに感謝さえしていました。それなのに、裕樹をピアノの虜《とりこ》にさせておきながら、あの子は裕樹を裏切ったのです」

「裏切った？」

「そうです。裏切ったのです」

「どういうことです。何があったのですか？」

市村が尋ねると、質問とは違う答えが返ってきた。

「私は裕樹を愛しています。だからあの子を裏切った人間は私だって許せない。この親の気持ち、分かりますか」

久子の目が鋭くなった。口調も穏やかではない。

「は、はい……分かります」

「嘘言わないで！」

突然、久子はかん高い声を上げた。

「ごめんなさい。つい」

久子は必死に興奮を抑えているようだ。

「でも親ならそう思うのが当たり前でしょ？」

市村は恐る恐る頷いた。

「え、ええ、そうですね」

「だから私は綾乃さんが報いを受けたのは当然だと思っています。それに裕樹はあの時、こいつはニセモノだと言いました。まだ裕樹はあの子を愛しているんです。でも私の言っていることはおかしいですよね。そうよ、裕樹を裏切ったのは綾乃さんじゃなかった。だって綾乃さんは裕樹の中にずっといるんですもの」

一体、何を言っているんだ。

「報い、と言いますと？」

過剰反応を示したのは二度あると言っていた。そしてもう一つはいずれ分かると……。その時、携帯が鳴りだした。

「ちょっとすみません」

確認すると、相手は山田だった。

「はい、もしもし。どうしました？」

「大変だ」

その口調から、事の重大さが伝わってきた。

「何かあったんですか？」

「いいか、落ち着いて聞いてくれ。君のクラスの沖圭輔が三階のトイレで殺された」

「どういうことですか！」

「頭を強打されている。今、警察に通報したところだ」

「一体、誰が」

「分からない。とにかく、すぐ学校に戻ってくれ」

久子から、まだ大事な話を聞き出していない。だが、そんなことを言っていられなかった。

沖圭輔が殺されたのだ。

「分かりました。すぐに戻ります」

市村は電話を切った。

「どうかしました？」

慌てている市村とは裏腹に、久子は不気味なくらい冷静に言った。

「B組の生徒がトイレで殺されたらしいんです。裕樹君とも仲のよかった子です」

「そう」

驚いている様子は全く感じられなかった。そしてこう言ったのだ。

「裕樹が動きだしたのね」

市村は言葉が出なかった。

「おそらく、殺したのは裕樹でしょう」

「何を言いだすんですか、お母さん！」

この時、先ほどの久子の言葉が脳裏をよぎった。

「まさか、二度目に過剰反応を示したのは」

「ええ、そうです。だから言ったでしょ？　いずれ分かるって」

「殺したんですか？　裕樹君が」

「窓を開けると庭になるんですけどね。その土の中には二人の遺体が埋められているんです」

市村は窓を振り返ったまま動けなくなっていた。久子に背を向けたまま、言葉を洩らした。

「まさか……川上も？」

「ええ、そうです。次は誰なんでしょうね。時期をみて、あの女を殺すって、あの子言っていたけど」

「……瀬戸」

背後に殺気を感じ、向き直った市村は、両目を大きく見開いた。久子が右手に包丁を持っているのだ。

「ど、どういうつもりですか？」

「どういうつもりも何も、先生は全てを知ってしまったんだから、ここで死んでもらわないと……ねえ」

完全に狂っている。包丁を突きつけられるのは初めての経験だった。危険を感じているはずなのに、全く体が動かない。

「お母さん。冗談はやめてください。落ち着いてください」

表情を引きつらせながら市村が言うと、久子の口調は再び鋭くなった。

「もう遅いわ」

そう言って包丁を振りかざし、市村に飛びかかってきた。

「うわあああああああ！」

市村は叫びながらも、何とか包丁を避《よ》けた。久子は息を切らして、市村を鋭い目つきで睨《にら》みあげる。

「落ち着いてください、お母さん」

久子は無言のまま、再び突っ込んできた。しかし、足下のコードにひっかかって、派手に転がった。

「落ち着きましょう。落ち着いてください」

市村は必死に訴えたが無駄だった。包丁を握り直して振り下ろした久子の腕を、咄嗟に掴んだ。すぐ目の前に、包丁の切っ先がある。

「うわあああああああああ！」

ものすごい力だった。防戦一方だった市村は、彼女を思いきり蹴《け》り倒した。それでも、久子は素早く立ち上がり、絨毯に落ちた写真立てを踏みつけながら迫ってくる。市村は庭に通じる窓まで後退した。鍵は閉まっている。簡単に開く鍵なのに、市村は恐怖のあまり開けることができなかった。ガラスに張りつきながら市村は懇願した。

「お母さんお願いです、やめてください。そんなことしたら裕樹君が悲しみます」

息子の名前を出せば考え直すだろうと思った。それが最後の望みだった。しかし、答えは呆気《あっけ》ないものだった。

「これは、裕樹の命令です。私は絶対に裏切らないわ。あの子を裏切らない！」

絶対に裏切らないわ。そう叫びながら、久子は包丁を頭上に掲げた。そして。

「あああああああああああ！」

叫びながら包丁を思いきり振り下ろしてきた。

9

圭輔と別れた大輔は塾へ行きかけたのだが、途中で思い直した。どうしても行く気分になれなかったし、圭輔が心配だったからだ。圭輔は、もうあいつとは関わらないと強く言った。それを土屋本人に言ってしまうのではないかという不安と、そう言われた時の土屋の反応が怖かった。本当に土屋が綾乃を殺しているとしたら、圭輔は危険だ。それは同時に、自分の危険も意味する。

家には帰れなかった。こんな時間に帰れば母親にうるさく言われるのが目に見えている。かといって塾が終わるまでの間、どうしていればいいのかと大輔は迷っていた。

「圭輔の家にでも行くか」

そう決めた矢先に携帯が鳴った。ポケットから取り出し、相手先を確認すると、沙也加からだった。

「もしもし？　本城？　どうした？」

「井上君？　大変なの！」

「ど、どうした……」

大輔はゴクリと唾を呑んだ。すると彼女の口から驚くべき事実が伝えられたのだ。

「沖君が……沖君が」

その途端、鼓動が激しさを増した。

「落ち着け！　圭輔がどうした」

　すると沙也加は今にも泣きそうな声でこう言った。

「沖君が、三階のトイレで……殺されたらしいの」

　携帯を落としそうになった。

「嘘だろ？　どういうことだ」

「詳しいことは分からない。私も今電話で聞いただけだから」

「犯人は……誰だ」

「分からない。でも……」

　見当はついていた。

「でも？」

　そう訊くと長い間が置かれた。

「私は……知らない」

　沙也加の様子がおかしかった。

「どうした？　本城」

「ううん。何でもない」

「何かあったのか？　そうなんだな？　何か知っているんだな？」

「分からない！　ただ……」

「ただ？　ただ何だ！」

たまらず大輔は怒鳴っていた。それでも沙也加から返答がない。

「いい加減にしろ！　圭輔が殺されたんだぞ！」

「うん……でも」

「脅されているのか？」

沙也加から返答がなかった。

「そうなんだな？」

そこでようやく声が返ってきた。

「うん」

「誰だ？」

再び沙也加は黙り込んだ。

「絶対に誰にも言わないから。だから早く」

そこでようやく沙也加は答えたのだ。

「土屋君」

やはり……。

「ナイフで脅された。もうこれ以上瀬戸加奈に余計なことを言うなって」

突然、携帯がピーピーと鳴りだした。耳元から離して確認すると、どうやら電池切れのようだ。

「こんな時に！」

吐き捨てるように言って、再び携帯を耳に持っていく。

「おい本城、聞こえるか」

反応がなかった。電池切れで通話が切れたらしい。

「くそ」

携帯をポケットにしまい、大輔は辺りを確認した。誰もいないが、安心はできなかった。

「あいつだ。あいつがキレたんだ」

圭輔を殺したのは間違いなく土屋だ。そして淳子も。綾乃も殺された。

でも、どうして淳子や圭輔まで？　もしかしたら何の理由もなく、土屋は二人を手にかけたのではないか。あえて理由をつけるなら、今回ターゲットだった瀬戸に、次は自分なのではないかという本当の恐怖を抱かせるために。あまりに理不尽だ。大輔は憤りを感じた。だが、もしそうだとしたら土屋は必ず瀬戸を殺しに行く。いやその前に。

犠牲になりたくはなかった。今まで言われたとおりに行動してきたのに、どうして犠牲にならなければならないのだ。しかし、自分が被害者にならないためには仲間が必要だった。淳子も圭輔もいない。残っているのは土屋に狙われている瀬戸だけだ。これ以上犠牲者を出さないためにも一緒に戦わなくてはならない。都合のいい考えだったが、なりふり構っていられない。人が死ぬこと、殺されることに、これ以上耐えられなかった。大輔は公衆電話に走り、財布から小銭を取り出した。そして、ポケットから携帯を取り出し、電源を入れる。少しの間だったが、電源を切っていたおかげで、多少、電池切れから復活したようだ。大輔は急いで加奈の携帯番号を調べた。

ワンコール。

ツーコール。

スリーコールで加奈は出た。

「もしもし？　誰ですか？」

慌てた口調で大輔は答える。

「俺だ！　井上だ！」

「井上君？　どうしたの？」

「いいか？　落ち着いて聞け。圭輔が殺された」

「え！　どういうこと？」

「あいつだ。土屋だ。間違いない」

　大輔は思いきって土屋の名を口にした。

「淳子もあいつに殺されたに違いないんだ。次は俺かもしれない。その次は瀬戸、お前だぞ。あいつがこのまま終わらせるはずがない。お前を消さないと気がすまないんだ。狂ってるんだよ、あいつは」

「お願い。本当のことを聞かせて」

　大体の見当はもうついている。加奈はそんな言い方だった。

「俺たちなんだ。お前に仕掛けていたのは。でもやりたくてやっていたわけじゃない。俺たちは、あいつに言われて仕方なく行動していただけなんだ」

　加奈は深いため息をつく。

「でもどうしてそんなことを」

「綾乃がいなくなったのが全ての始まりなんだ。あいつは突然、俺たちの前から姿を消した。警察も動いた。俺たちも綾乃を捜してはみたが、所詮《しょせん》、俺たちには無理だった。それから数日後には、いつも綾乃と一緒にいた土屋はすっかり変わっちまった。クラスの連中は無理もないと思っていただろうけど、俺たちは初めから土屋を疑っていたんだ」

「どうして？」

「綾乃がいなくなる前日に、俺と淳子と圭輔は綾乃から話を聞いているんだよ」

「話？　話って何？」

「好きな人ができた。だから土屋とはもう別れようと思っているって。本人からな」

「そんなことがあったの……」

「ああ、だから逆上した土屋が綾乃を殺したんじゃないかって」

「まさか」

「もちろん、確信があったわけじゃない。それに、土屋がそんなことをするはずがないって思っていたかった。でも、土屋が妙なことを言いだしたんだ」

「妙なこと？」

大輔は頷いて、話を続けた。

「女口調で、これから私のことを綾乃と呼べと」

「え？」

「初めは驚いて言葉もなかった。冗談を言っているようにも思えなかったし、綾乃がいなくなっちまって、一時的に精神がおかしくなったんだろうと、初めはそう思っていた。でもそれは違った。一時的なものじゃなかったんだ。俺たちは仕方なく言われたとおりに土屋を綾乃と呼んだ。初めの頃、一度だけ圭輔が教室で土屋と呼んだことがあって、俺たち三人はあいつに呼ばれた。あいつは俺たちを酷く罵《ののし》った。もちろん女口調でな。どういうつもりか知らねえけど、俺たちの前で、あいつは完全に綾乃になりきっていたんだ。俺たちは、もうあいつのことを二度と土屋とは呼べなくなっていた。そして綾乃が行方不明のまま三学期が終わったんだ。

クラス替えがないからメンバーは同じだったけど、一人の転校生がクラスにやってきた。それが仙道だ。仙道は綾乃が座っていた席に座った。その日、俺たちは土屋に呼び出された。そして、脅されたんだ。私の席を取り戻すために、これから言うことを忠実にこなせと」

「それから嫌がらせが始まったのね」

「そうだ。綾乃は土屋に殺されたのではないかという思いが、心のどこかにあったのかもしれない。だから俺たちは、その命令を断れなかった。それに断ろうとすると、あいつは気味の悪い口調で〈裏切るの？〉って俺たちに言い続けた。だから仕方なく行動に移した。なるべく証拠の残らない方法を土屋が考え、俺たちが仕掛けたんだ。それでも、証拠として残ったのが、ターゲットをつけ回した写真だ。写真はあいつが撮ってきて、磯部に現像させた。結果的には土屋の計画どおりになった」

「鈴木千佳さんの時も同じように？」

「ああそうだ。でもまさか自殺するとは思ってなかった。俺たちは、ばれるのが怖かった。もう退《ひ》くに退けなくなっていたんだ」

「それで私にも同じようなことを」

「悪いことをしたと思ってる。でもあいつは、ただあそこの席に誰も座らせたくないだけなんだ。ただそれだけなんだ。今回もそのはずだ。酷いことを言うかもしれないが、瀬戸が死のうが学校を辞めようが、あいつにとっちゃどっちでもいいんだ。あそこの席に誰かが座っているということが、あいつは気に入らないんだ。それなのにお前と市村は過去のことを調べ始めた。あいつを刺激しすぎちまったんだ。でも、もう俺は我慢できない。誰かが死んだり殺されたり、もう耐えられない。圭輔が殺されて、淳子があいつに殺されたのがこれで分かった。そして綾乃もな。おそらく土屋はお前を狙う。今日かもしれない。明日かもしれない。それは分からないが、いいか？　これから俺はお前の家に向かう。万が一ってことがある。絶対に外に出るなよ」

「う、うん……分かった」

怯えながら加奈は答えた。

「それと、本城から何か受け取ったものはないか？」

「受け取ったもの？」

「それじゃあ、もらったものだ。何でもいい、思い出せ」

「あるけど……」

「ぬいぐるみか」

「うん。そう。ぬいぐるみ。どうして分かるの？」

「いいか？　それには盗聴器が入っている。土屋が磯部を脅して本城に渡させたんだ。本城にも口留めするよう指示したはずだ。俺も誰かに脅されているとか言ってな」

「盗聴器？」

「ああ、実際に俺たちも、瀬戸と市村が話している会話を聞いている。間違いない。早く処分したほうがいい」

　まさか、そこまで……。

「う、うん。分かった」

「よし。それじゃあこれからそっちに向かう。絶対に外に出るなよ。いいな？」

「うん。分かった」

　大輔が受話器を戻した時だった。

〈ガン〉と頭の中で鈍い音がした。

「うっ！」

大輔はうめき声を洩らし、両手で頭を抱えた。

〈ガン。ガン。ガン。ガン。ガン。ガン。ガン〉

「うううううううう」

意識が朦朧《もうろう》としてくる。するとなぜか聞こえてくるのだ。『別れの曲』が。幻聴か、それとも本当に聞こえているのか、大輔には判断がつかなかった。最後の力を振り絞り、振り返る。そこには冷たい目をした土屋が立っていた。一番恐れていたことが現実になってしまった。

「土屋……てめえ……」

するると土屋は鋭くこう言ったのだ。

「忘れたのか？　土屋と呼ぶなと言っただろう」

〈ガン〉

それが最後の衝撃だった。辛うじて意識はまだ残っていた。が、土屋の次の言葉が大輔にとっては最後となった。

「今から行くよ。待っててね」

大輔は力尽きた。もうピクリとも動かなくなった……。

10

加奈は自分の部屋に駆け込み、沙也加からもらった三つのぬいぐるみに視線を向けた。このぬいぐるみの中に盗聴器が……。沙也加が気になることがあると言っていたのはこのことだったのかもしれない。土屋の穏やかな表情が頭に浮かんだ。いや、今思えばあの表情は穏やかではなかったのだ。

土屋が淳子や圭輔、そして関綾乃までも殺していたと大輔は言った。全てを操っていたのは土屋だった。なぜ土屋が突然女言葉になったのか。その謎も全て分かった。その土屋が自分を狙いに来るかもしれないのだ。

加奈は三つのぬいぐるみを両手で摑んだ。この部屋での会話を全て盗聴されている。多恵との会話。ウララとの会話。市村との会話。そして楓との電話のやりとり。一番まずいのは今日の夜、加奈が一人でいるのを知られていることだ。剛士は早く帰ると言っていたが、本当にそうとは限らない。加奈の不安はさらに増していった。三つのぬいぐるみを両手に持って一階へ下りる。そしてゴミ用の大きな袋にぬいぐるみを投げ捨てた。本当なら外へ捨てに行きたいところだが、大輔の言うように、それは危険だろう。

加奈はリビングで行ったり来たりを繰り返していた。家の鍵は全て閉めた。一刻も早く大輔に来てもらいたかった。不安で不安で仕方ない。テーブルには冷めきったピラフにラップがかけてある。その隣には温めて食べてくださいと書かれた紙が添えられてあったが、それどころではない。淳子と圭輔が殺されたのだ。次は自分かもしれないという恐怖で加奈は今にも吐きそうだった。本当に殺されるかもしれない。その恐怖が頭から離れなかった。

あれほど怯えていた嫌がらせが些細なことのように感じられた。土屋にとって、あの嫌がらせは遊び程度のものだった。とうとう土屋がキレたのだ。

あれから何十分が経過しただろう。市村の携帯に連絡をしても出ない。何だか胸騒ぎを覚える。何かあったのではないのか。もう、嫌な予感しかしなかった。

家の中は不気味なほど静かだった。大輔はまだ来ない。こんな非常事態にもかかわらず尿意を催した加奈はトイレに向かった。用を足している間も、警戒心を解かず、耳を研ぎ澄ませていた。すると玄関のほうから、微かに物音が聞こえた気がした。すでに心臓はばくばくと激しく脈打っている。

用を済ませた加奈は立ち上がり、息を殺して静かにトイレの扉を開く。そっと顔を覗《のぞ》かせ、足音を消して玄関に向かった。

「気のせいか……」

玄関の鍵は閉まっている。その事実に安堵し、加奈はリビングに向かった。が、違和感を覚えた。何かが違う。誰かがいる。ピアノが視界に入った時、驚きのあまり加奈の体は硬直した。ピアノの前に誰かが座っていたのだ。

「誰！」

後ろ姿の人影に向かって叫んだ。すると、その人物が振り返った。それは不気味な笑みを浮かべた土屋だった。

「こんにちは。もうこんばんは、かな」

女口調の土屋はピアノの前で立ち上がった。

「やっと会えたね。今日は誰もいないんだよね。だから来ちゃった」

加奈は心の中で、逃げろ、逃げろと自分に言い聞かせる。今の位置からして自分のほうが玄関に近い。それなのに恐怖のあまり足が動かなかった。

「初めまして、あなたと会うのは初めてかな。瀬戸加奈さん」

完全に土屋は関綾乃になりきっている。

「どうやって……入ったの」

震えながら加奈は問う。

「どうやってって、これ使ったんだけど」

そう言いながら、土屋は鍵を床にポトンと落とした。

「ウララちゃん。かわいいよね。ピアノが好きなんだね。お姉ちゃんに似てさ」

「まさか……」

ウララが言っていたお兄ちゃん。それが誰だったのか今分かった。

「昨日、私の家でピアノ弾いたら昼寝しちゃってさ、その間に合鍵つくっちゃった。でも、もう必要ないね。今こうしてあなたに会えたんだから」

「ふざけないで！」

加奈は声を張り上げた。

「ふざける？　なに急に怒ってるの？」

「いい加減にしてよ！　友達を殺しておきながら、どうしてそう平気でいられるの？」

「友達を殺した？」

「とぼけないで。全部、井上君から聞いたわ」

「ああ、そう。でもね、大輔はここには来ないよ」

「どういう意味？」

「殺しちゃった」

土屋は平然とそう言った。

「どうしてよ！　どうして井上君まで。どうしてあの三人を殺す必要があるの」

「だってあなた、なかなか私の席を返してくれなかったから。あの三人が死ねば、死という本当の恐怖を抱いてくれるかなって。それなら席を返してくれるかなって思ったんだけれど、もう返してもらう必要もないかな。だってあなたにはもう死んでもらうから。そうなれば私の席は自然と私に戻ってくる」

それを聞いて、加奈は愕然とした。あの三人は自分のせいで死んだのか。そんな理由で殺されたのか。

「冗談はやめて」

「冗談なんて言っていないよ。ただ、いきなりは殺さない。ジワジワと痛みと恐怖を味わいながら死んでもらう。私が一番愛している曲を弾いてくれたお礼に、特別にね」

加奈は関綾乃の母親の言葉を思い出し、言葉を洩らした。

「別れの……曲」

「そう。『別れの曲』。今のあなたにぴったりの曲だよね」

「ふざけないで、私は死なないわ。絶対に」

恐怖の中に怒りが生まれた。そんな加奈とは逆に、土屋は平然とした口調だった。

「死ぬんだよ。これから。分からない子だねえ」

「あなたの思いどおりには絶対にならない。今までは自分の思いどおりになっていたかもしれないけど、生きているのはあなただけじゃない。川上さんも沖君も井上君も生きていたのよ。それなのにあなたは自分の勝手な思い込みで三人を殺した。殺せば思いどおりになると思っていたんでしょ！　でもそんなあなたの考えはどこに行っても通用しない」

　土屋の表情がピクリと引きつった。口調が微妙に変化し始める。

「黙れ」

「綾乃さんの時もそうよ。別れ話を告げられたあなたはそれが許せなかったのよ。殺してしまえば、自分を愛していた綾乃さんだけしか記憶に残らない。だから殺したんだわ！　そうなんでしょ？」

「違う。違う違う違う」

「何が違うのよ！」

「あいつはニセモノだった。だから殺したの」

　土屋は事実を認めた。この期《ご》に及んでまだ女口調だった。それよりも土屋の屁理屈に加奈の中で更に怒りがこみ上げていた。

「そんな理屈が通用すると思ってるの？　ニセモノも何もない。綾乃さんは綾乃さんなのよ！　あなたが殺したのは綾乃さんなの！」

加奈が言い終えると土屋は無表情になった。そしてこう言ったのだ。

「これ以上は時間の無駄だ。どうやらお喋りもここまでのようだな」

綾乃になりきっていた土屋から、とうとう本物の土屋が現れた。

「望みどおり、殺してやるよ」

土屋はゆっくりと無言で歩み寄ってくる。加奈は後ずさった。

「来ないで。来ないで」

突然、大蛇のように土屋の腕が首に伸びてきた。加奈はうめき声を上げながら必死にもがいた。

「あそこの席は綾乃の席だ。お前の席じゃない」

土屋の力が更に強まる。

「恋人の席を守って何が悪い？　愛しているんだ。守るのは当たり前だと思わないか？」

狂ってる。完全に狂ってる。このままでは本当に殺される。

加奈はもがきながら、何とかテーブルに近づき、ガラスの灰皿に手を伸ばした。土屋はそれに気がついていない。そして加奈は灰皿で、土屋の頭を思いきり殴りつけた。

「ああ！」

声を上げながら土屋は頭を抱えてしゃがみ込んだ。ようやく首から手が離れ、加奈は灰皿を下に落とし、激しく咳《せ》き込み、呼吸を整える。その間に土屋も立ち上がった。

「いちいち癇《かん》にさわる女だな、てめえは」

加奈はリビングから逃げた。だが、玄関へ向かうことはできなかった。鍵を開けている最中に再び首を絞められるかもしれないからだ。かといって、逃げ場所などなかった加奈は階段を上り、自分の部屋に駆け込んだ。

部屋に入った加奈は扉を閉めて鍵をかけようとした。しかし、土屋が反対側のドアノブを摑んでしまった。加奈は扉を閉めようと必死に前に押し続ける。それは土屋も同じだった。力の差は歴然としていた。徐々に扉が開いていく。とうとう加奈は諦めてしまった。完全に扉が開いた。もうどこにも逃げ場がない。土屋はゆっくりと歩み寄ってくる。加奈は震えながら後ずさる。とうとう後ろにはスペースがなくなり、ベッドに尻餅をついた。加奈は首を横に振りながら土屋に懇願する。

「お願いやめて、許して」

冷たい目が迫ってくる。

「無駄だよ。お前は俺を怒らせた。もう遅い」

再び土屋の手が首に伸びてきた。加奈は土屋の手を首の寸前で摑むものの、男の力には勝てなかった。

「や……め……て」

加奈は苦しみながら言葉を洩らす。土屋は無言のまま手に力を加えていく。

「うぅぅぅぅぅぅ」

段々意識が遠ざかり始める。抵抗する力も残っていなかった。加奈はもう死の覚悟を決めていた。すると土屋がこう言った。

「つい本気を出しすぎた。こんな殺し方じゃ俺の納得がいかねえ。お前にはジワジワと恐怖を味わってもらわないと。これから残酷に殺してやるよ」

〈ガン〉

気がつくと土屋は手に金槌を持っており、それで思いきり頭めがけて殴りつけてきた。

その一撃で、加奈は意識を失った。

11

ぼやけた映像が段々、鮮明になっていく。

加奈は、なぜかリビングに戻っていることに気がついた。

口にはガムテープが貼られている。

そしてなぜか、動けない。加奈の体は、部屋の柱にビニール紐《ひも》で何重にも巻かれていて、身動きが取れなかった。もがいてはみるが、びくともしない。これから自分はどうなってしまうのだろうか。

頭の激しい痛みで、殴られたことを思い出した。首を絞めていた土屋の顔も浮かんでくる。人を殺すことに何の罪悪感も感じていないような顔だった。その土屋がどこにもいない。このまま終わらせるはずがない。終わってくれたならそれにこしたことはないが、それは考えられなかった。

部屋中が静まり返り、時計の針の進む音がカチカチと聞こえてくる。規則正しい足音のようなそれが迫ってくるようで、加奈は耳をふさぎたかった。落ち着こうとして加奈は深呼吸を繰り返す。今はそれしかできなかった。

足音が聞こえる。

その音はリビングに近づいてくる。

土屋だった。

「もう目が覚めたのか」

加奈は何も喋れない。だがそれどころではなかった。土屋が手にしていた物を見て加奈は戦慄した。

小ぶりの赤いポリタンク。

土屋が自ら用意してきたと思われる、その容器の中には、灯油が入っているに違いなかった。それでどうするつもりよ。ガムテープが邪魔して言葉にならない。焦りと不安でいっぱいになる。

「言ったろう？　ジワジワと恐怖を味わってもらうって」

そう言って土屋はポリタンクの蓋を開け、リビング全体に灯油をまき始めた。

お願い！　やめて！　加奈はくぐもった声を上げることしかできなかった。それを無視するかのように土屋は灯油をまいていく。

「いい匂いだ。そう思うだろう？」

部屋中に灯油の臭《にお》いがたちこめる。

「そうだ。これも一緒に燃やしてあげないとな」

土屋が向いていた先にはピアノがあった。加奈は激しく暴れた。やめてお願い、やめてそれだけはお願いだから。土屋は加奈を全く無視していた。ピアノ全体に灯油をバシャバシャとかけていく。

やめてお願い、お願いだからやめて。加奈は涙をこぼした。剛士と多恵が買ってくれたピアノには、大切な思い出がいろいろと詰まっている。それが一気に崩れ去っていく。剛士の笑顔。多恵の笑顔。そしてウララの笑顔が消え去った。加奈はもう叫ぶ気力すらもなかった。涙を流しながら、灯油をかけられていくピアノを見つめていた。

やがて土屋は、空になったポリタンクを投げ捨てて言った。

「そろそろお別れだ」

土屋はテーブルから百円ライターを取り、部屋にあった新聞紙を破った。

「素直に学校を辞めていれば、こんなことにならなかったのにな」

恨むなら自分を恨め。鋭い目つきで土屋が最後に言った言葉だった。

カチ。土屋は火をつけた。加奈はブルブルと震えながら叫ぶ。殺さないで！

新聞紙に火がつき、土屋は炎を見つめている。

「綾乃。綾乃の席は取り返したよ」

加奈は必死にもがく。動けない。お願いやめて、お願いだから。段々とガムテープがはがれていく。

「それじゃあ、さよなら」

加奈は必死に体を左右に動かす。土屋が新聞紙を下に落とした瞬間、ガムテープが完全にはがれた。

「やめて！」

だがもう遅かった。忽《たちま》ち部屋中が炎に包まれた。テーブルも、ソファも。そして何より大切だったピアノが燃え始める。

目の前が火の海と化した。恐怖のあまり言葉が出ない。悲しさと煙で涙が溢れ、思わず咳き込む。ビニール紐はほどけない。何もできない。土屋は首を左右にポキポキと鳴らし、ふらりと部屋を出ていってしまった。もう誰もいない。このままでは死んでしまう。誰か助けて、お父さん助けて、お母さん助けて、先生助けて、誰でもいい、私を助けて。火は段々と近づいてくる。熱い。加奈は身を縮める。早く来て。誰か来て。お願いだから。

「誰か！」

加奈は叫んだ。その叫びも虚《むな》しく消えた。加奈は今度こそ覚悟を決めた。唇をかみしめて、ギュッと目を瞑った……。

そして

穏やかな朝だった。

あの日の惨劇からおよそ一ヶ月が経った。制服を着た生徒たちが校門をくぐっていく。お喋りや笑いがいつまでも絶えなかった。

加奈は渋谷区の都立高校の校門前にいた。今こうして地面に立ち、呼吸をしていること自体、奇跡だと思っていた。

あの時、加奈自身はもう駄目だと思っていた。自分はもう死ぬのだと。だが、間一髪のところで市村が右腕を血で染めながら助けに来てくれたのだ。後から、市村も、土屋の母親に殺されそうになっていたことを知った。右腕を切られたものの、危機を免れた市村は不安に駆られて、加奈を助けに来てくれたのだ。あの時、もし市村が来てくれなかったらと思うと今でもゾッとする。

加奈は自分が助かったと分かった瞬間、気を失った。気づいた時には病院のベッドの上だった。剛士、多恵、ウララ、そして市村が病院にいた。事情は知らされているだろうことが分かっていたので、申し訳なさでいっぱいだった。その時、加奈は多恵に強く抱きしめられた。無言のまま強く抱きしめられた加奈は、涙をボロボロと流した。家族のありがたさ、ぬくもりを改めて感じた。

その日だけ加奈は病院のベッドで安静にしていた。翌日、加奈は市村から顛末《てんまつ》を聞いた。土屋は加奈に対する殺人未遂の罪で逮捕され、久子も市村への殺人未遂の罪で逮捕された。圭輔と大輔を殺したのも土屋だと判明し、間もなく、土屋家の庭の中から淳子の遺体、そして綾乃の遺体も発見され、殺人と死体遺棄の罪が加わった。

全ての幕は閉じた。同時にB組の奇妙な噂話はこれでなくなるだろうと市村は言った。

学校にはもう辞表を出したと、突然市村はそう言った。責任を感じた市村は自ら学校を去ることに決めたのだ。それを聞き、加奈は自分のせいだと思い込んだ。だが市村は、なあに、どこかの学校で講師でもやるさと、優しい笑みを浮かべながら言ってくれたのだ。ありがとうございました、と加奈は深く頭を下げた。

元気でな。またいつかな。それが別れの言葉だった。加奈はしばらく市村の後ろ姿を見送った。

加奈も希望学園高等学校を辞めようと決めていた。淳子、圭輔、大輔が自分のために殺されたと思うと、そのまま学校にいられるわけもなかった。その翌日に加奈は退学届けを学校に提出した。そして、家族で話し合い、加奈は都立高校に編入することになったのだ。

思い出も失った。ピアノだ。家が全焼してしまい、当然ピアノも焼けてしまった。

何よりも大切だったピアノを失った加奈は、なかなか立ち直れなかった。当分はアパート暮らしが続くだろう。部屋のどこにもピアノはない。だが、自分は今も生きている。それだけで幸せなのだと、加奈は心の底から思っている。そして、また新たな日々が始まるのだ。今度こそ本当に。

加奈はこの一ヶ月余りの記憶を振り払った。校門をくぐり、校舎に向かう。希望学園高等学校での悪夢はもう忘れよう。ただ、自分のせいで犠牲になってしまった三人の存在だけは一生忘れてはいけないのだと加奈は心に誓った。


職員用の玄関で上履きに履き替えて、職員室に向かう。緊張はしていなかった。

職員室の扉を開くと中年の女性教師と目が合った。

「あの、瀬戸です。瀬戸加奈です」

「あなたが瀬戸さんね？　はいはい、ちょっと待ってね」

女性教師はそう言って、もう一人の中年女性教師のほうに体を向けた。

「有賀先生」

その声に有賀は振り向き、出席名簿を手に、笑みを浮かべながらやってきた。

「初めまして。担任の有賀です。よろしくね」

感じのよさそうな教師だった。

「初めまして。瀬戸加奈です。よろしくお願いします」

「私が受け持つ三年二組はね、すごくいい子たちばかりだから、すぐに慣れるわよ。だから心配しないで」

その言葉に加奈は安心した。

「もうすぐ朝のホームルームが始まるから、教室へ行きましょうか」

「はい」

加奈は有賀の後ろに続いた。階段を上っていく。

「緊張している？」

加奈は首を横に振った。

「いえ、緊張はしていません。大丈夫です」

それは本当だった。不思議なくらい落ち着いていた。

「それじゃあ、何も心配ないわね」

加奈は、はいと返事をした。

三階まで階段を上ると、ホームルーム開始のチャイムが鳴った。廊下に出ていた生徒たちが教室に戻っていく。それでもまだ廊下でお喋りをしている生徒が何人かいた。それはどこの学校も変わらなかった。

「教室はこの階。私くらいの年齢になると毎日ここまで上るのが辛いのよ」

有賀の冗談に、加奈はクスクスと小さく笑った。

「それじゃあ、行きましょうか」

教室の中は話し声や笑い声が溢れ、教室の扉を開いても、まだ騒がしい。

「さあ、瀬戸さん。入って」

「はい」

加奈が教室へ入った途端、一瞬にして静まり返った。

「ほらほら、そんなにジロジロと見つめない。瀬戸さんが緊張しちゃうでしょ」

加奈はなかなか顔を上げられなかった。

「それじゃあ、朝の挨拶からしちゃいましょう。号令係、お願いします」

有賀の指示に声が上がった。

「起立」

生徒全員が立ち上がる。加奈は下を向いたままだった。

「礼」

おはようございます。有賀の声が一番大きかった。

「着席」

生徒全員が着席する。

「えーと、それじゃあ、早速ですが、昨日話していた転校生を紹介します」

瀬戸さんと耳元で有賀に囁かれ、加奈は顔を上げた。全員の視線が集まっている。

「初めまして、瀬戸加奈です。趣味はピアノです。性格は明るいほうだと自分では思っています。一日でも早くクラスのみんなに溶け込めるようにしたいと思います。よろしくお願いします」

自己紹介を終えると、拍手が起こった。クラス全員が温かく迎えてくれた。違和感はどこにもなかった。

「少し遅れたけどね、今日から二組の一員ですから。みんな仲よくしてあげてね」

そして有賀は続けてこう言った。

「それじゃあ、瀬戸さん。分からないことがあったら、遠慮なく私かクラスのみんなに訊いてください。それと後は……」

語尾を伸ばしながら有賀は考えている。そしてこう言ったのだ。

「そうそう。後は瀬戸さんが座る席ね」

一つ席が空いているのだが、見覚えのある配置だった。加奈は一瞬、嫌な過去を思い出した。

「昨日のうちに席を一つ増やしておいたんだけれど、出席番号順ではあそこの席になるから、あそこの席に座ってください」

有賀は空いてる席を指さした。偶然だろうか、希望学園のあそこの席と全く同じ位置だった。

「はい」

加奈は頷き、席に向かう。

教室中が無言だった。そして。

どうしたというのだろうか、加奈が席に着いた途端、全員の視線が一斉に集まった。

冷たい視線。

この雰囲気、一度味わっている。

いや、気のせいだ。

「よろしく。坂田って言います。坂田信夫《のぶお》」

左隣の男子生徒が突然声をかけてきた。

「よ、よろしくお願いします」

硬くなっていた加奈がそう返すと、坂田はニヤリと微笑んだ。その時、土屋の表情と坂田の表情が重なった。

妙な予感。

悪寒が走った。

加奈は教室全体に視線を移す。

なぜだろう。クラス全員の冷たい視線が、加奈にじっと注がれていた……。

解　説

長澤まさみ

山田悠介さんの本で、私は初めてページをめくる手が止まらないという経験をしました。小説を読むとなると、もの凄《すご》く時間のかかる私ですが、山田さんの小説は違いました。そもそも、小説をよく読むようになったのはつい最近のことです。

「このままだったら、おばあちゃんになるまでに何冊の本が読めるんだろう。もったいない!!!!

だって普通に考えて、この世にある本を全部読み切るなんてことは、魔法を使わない限り無理に等しいんじゃないの？」

そう思ったことがキッカケで、積極的に本に手を伸ばすようになったのです。

山田さんの小説に出逢《であ》うまではホラー物は苦手で、テレビドラマや映画はもちろん、漫画でさえ、なんだか受け付けられなかったんです。

怖いから……。

というより……。

出来上がっているもの。

自分じゃない、誰か他の人が作り上げた、ホラーの世界っていうものが苦手なんだと……。

でも、山田さんの作品は、とにかくスピード感が凄い。

それに、リズムがある感じ。

文中に台詞《せりふ》が多いので、主人公の心に入り込みやすいんです。

どの作品も読み終わるのは早かった。

それはどれくらいかかって言われたら……まぁとにかくうたた寝をしてしまい、

「はっ！！！！」

っと目を覚ましたときの、その間くらいでしょうか。

とまぁ私はこんな感じの表現しかできない小娘というのが分かっていただけたでしょうか？　それでは、やっとここで一番重要な、この作品についてお話ししたいと思います。

まず、学校を舞台にした話というのがとても良かった。小学生の頃って流行《はや》るじゃないですか、学校での七不思議とか。この作品からは、そういう怖さを感じます。私も転校経験があるので分かるんですが、初登校前日など、「新しい学校で友達はできるかな」とか凄く心配なもので、「苛《いじ》められたらどうしよう」なんていうことまで考えてしまったりするものです。

物語では、主人公の瀬戸加奈が通うことになる希望学園高等学校で、非現実的な事件が起きます。それでも、本当にありそうな感じがするんです。今の時代だからこそ、同世代だからこそ共感できる目線での恐怖なんだと思います。

そんな作品だから、若者に支持され、好まれ、親しまれているんだと思います。

私も、山田さんのホラー小説は、これからも読み続けていきたいと思っています。おしっこがちびりそうになるくらい、自分自身の想像力を膨らませて。

――女優

この作品は二〇〇三年十一月文芸社より刊行
されたものに加筆、訂正したものです。

幻冬舎文庫

●好評既刊
リアル鬼ごっこ
山田悠介

〈佐藤〉姓を皆殺しにせよ！——西暦3000年、国王は7日間にわたる大量虐殺を決行。佐藤翼は妹を救うため、死の競走路を疾走する。若い世代を熱狂させた大ベストセラーの〈改訂版〉。

●好評既刊
Aコース
山田悠介

五人の高校生が挑んだ、新アトラクション「バーチャワールド」。「Aコース」を選んで炎の病院に閉じ込められた彼らは、敵を退け、そこから脱出できるのか？　書き下ろしシリーズ第一弾。

●好評既刊
Fコース
山田悠介

四人の女子高生が挑んだアトラクション「バーチャワールド」。新作「Fコース」のミッションは美術館からの絵画強奪。敵の攻撃をかわし、ようやく目的の絵を前にしたが……。シリーズ第二弾!!

●好評既刊
親指さがし
山田悠介

「親指さがしって知ってる？」由美が聞きつけてきた噂話をもとに、武たち5人の小学生が遊び半分で始めた死のゲーム。女性のバラバラ殺人事件に端を発した呪いと恐怖のノンストップ・ホラー。

●最新刊
あなたは絶対！　運がいい
浅見帆帆子

心の持ち方一つで、思い通りに人生は変えられる。運は自分でつくれるもの、夢をかなえるには仕組みとコツがある。プラスのパワーをたくさんためて悩みを解決し、あなたに幸せを呼び込む本。

幻冬舎文庫

●最新刊
毎日、ふと思う 帆帆子の日記
浅見帆帆子

何気ない毎日も、自分の気持ち次第で楽しくなる。ふと思いついたことも、ワクワクする出来事の前ぶれ。淡々とした日常をそのまま文字にした、読むと元気が出てくる帆帆子の日記、第一弾！

●最新刊
交渉人
五十嵐貴久

三人組のコンビニ強盗が、総合病院に立て籠った。犯人と対峙するのは「交渉人」石田警視正。石田は見事に犯人を誘導するが、解決間近に意外な展開が。手に汗握る、感動の傑作サスペンス。

●最新刊
小泉は信長か
優しさとは、無能なり
大下英治

腐敗しきった政治を面白くし、日本を変えた小泉純一郎の素顔とは……。本人周辺への徹底的な取材をもとに、稀代の変人首相を追った感動の政治ドキュメント。国民の支持は、正しかったのか？

●最新刊
ラティーノ・ラティーノ！
南米取材放浪記
垣根涼介

某年某月、作家は小説執筆のためブラジルとコロンビアを訪れた。喜怒哀楽全開で人々と語り、大地の音に耳を澄ましながらゆく放浪取材。三賞受賞作『ワイルド・ソウル』はこうして描かれた！

●最新刊
ワイルド・ソウル(上)(下)
垣根涼介

大藪春彦賞、吉川英治文学新人賞、日本推理作家協会賞——史上初の三賞受賞を果たした、爽快感溢れる傑作長篇。いま、最後の矜持を胸に、日本国政府を相手にした壮大な復讐劇の幕が上がる。

幻冬舎文庫

●最新刊
愛は嘘をつく　男の充実
神崎京介
仕事にも日々の生活にも疲れきった田島和彦。合コンで知り合った独身OL・宮原佐絵と意気投合し、付き合うようになったのだが……。愛と打算の狭間で苦悩する男の姿を描いた情愛小説。

●最新刊
愛は嘘をつく　女の幸福
神崎京介
30歳を目前にした独身OL・宮原佐絵は、合コンで知り合った田島和彦と付き合うようになったのだが、和彦には妻がいて……。2人の関係を佐絵の甘く切ない視点で描いた情愛小説。

●最新刊
ラストレター
「1リットルの涙」亜也の58通の手紙
木藤亜也
病気が進行し、絶望の淵にいる少女に光を与えてくれたのは3人の親友との手紙の交流だった。ベストセラー『1リットルの涙』の亜也が友に宛てた感動の手紙58通を完全収録。感動、再び！

●最新刊
調理場という戦場
「コート・ドール」斉須政雄の仕事論
斉須政雄
大志を抱き、二十三歳で単身フランスに渡った著者が、全身で夢に体当たりして摑み取ったものとは？　料理人にとどまらず、働く全ての人に勇気を与えたロングセラー、待望の文庫化。

●最新刊
やった。
4年3ヶ月の有給休暇で「自転車世界一周」をした男
坂本　達
入社4年目の新年会、社長直々の〝GOサイン〟が出て自転車世界一周の夢は現実になった。しかも無期限&有給休暇扱いで！　人も自然も味方につけて縦横無尽に世界を回る、爽快紀行エッセイ。

あそこの席《せき》

山《やま》田《だ》悠《ゆう》介《すけ》

平成18年4月15日　初版発行
平成30年3月30日　60版発行

発行人——石原正康
編集人——菊地朱雅子
発行所——株式会社幻冬舎
〒151-0051東京都渋谷区千駄ヶ谷4-9-7
電話　03(5411)6222(営業)
　　　03(5411)6211(編集)
振替00120-8-767643
印刷・製本—中央精版印刷株式会社
装丁者——高橋雅之

幻冬舎文庫

ISBN4-344-40781-4　C0193　や-13-5